图书在版编目（CIP）数据

纳尼亚传奇．6，银椅子／（英）C.S.刘易斯著；马博译．——北京：人民文学出版社，2023（2025.6重印）
ISBN 978-7-02-018280-0

Ⅰ．①纳… Ⅱ．①C… ②马… Ⅲ．①儿童小说－长篇小说－英国－现代 Ⅳ．① I561.84

中国国家版本馆 CIP 数据核字（2023）第 186146 号

责任编辑　翟　灿
装帧设计　刘　远
责任印制　王重艺

The Chronicles of
NARNIA

主要角色表

吉尔·波尔	本书女主角，英国某实验学校的学生，因被坏同学追赶，逃进了一扇小门，意外地进入纳尼亚王国，接受阿斯兰的命令，寻找凯斯宾国王走失的独生子瑞廉王子
尤斯塔斯	本书男主角，吉尔·波尔的同学，与吉尔一起误入纳尼亚王国，接受阿斯兰的命令，寻找凯斯宾国王走失的独生子瑞廉王子
阿斯兰	一头伟大的狮子。森林之王，海外帝王之子，来去自由。他的使命是推翻

	女巫的统治，拯救纳尼亚王国。阿斯兰在七部书中均有出现
凯斯宾	年迈的凯斯宾十世，自从王后去世，儿子丢失，身体越来越差
特鲁普金	一个正直不阿的矮人，在本书中任纳尼亚王国的摄政大臣
瑞廉	纳尼亚国王凯斯宾十世的独生子，十年前被一绿衣美女掳走，带到地下王国，每天晚上只有一个小时清醒，知道自己是谁，但这一小时被捆绑在一把银椅上
地下王国女王	一条巨大的绿色毒蛇，也是一个邪恶的女巫。瑞廉小的时候毒蛇将其母后咬死，把他掳进地下王国施以魔法，使其忘记一切
帕德尔格鲁姆	来自纳尼亚东部沼泽的沼泽人，个头高大，阴沉的外表下掩藏着一颗正直勇敢的心

The Chronicles of
NARNIA

目　录

第 1 章　在体育馆后面 ･･･････ 1
第 2 章　吉尔接到了任务 ･･････ 17
第 3 章　国王起航 ･･････････ 32
第 4 章　猫头鹰议会 ･････････ 49
第 5 章　帕德尔格鲁姆 ･･･････ 65
第 6 章　北部的荒原 ･････････ 81
第 7 章　山中的奇异壕沟 ･････ 99
第 8 章　哈尔方的房子 ･･･････ 115
第 9 章　他们发现了重要的信息 ･･･ 132
第 10 章　没有阳光的旅途 ･････ 147

纳尼亚传奇

第11章　在黑暗的城堡中 ······ 163

第12章　地下王国的女王 ······ 179

第13章　没有女王的地下世界 ···· 195

第14章　世界底部 ········· 209

第15章　吉尔消失了 ········ 224

第16章　疗伤 ············ 238

The Chronicles of
NARNIA

第1章　在体育馆后面

这是一个天气阴沉的秋日，吉尔·波尔正躲在体育馆后面偷偷哭。

她在哭，是因为有人欺负她。这本书要讲的并非校园故事，因此我只简明扼要地谈谈吉尔的学校，而这说起来并不令人愉快。吉尔念的是一所男女生都有的学校，男生和女生在一起上学。这类学校过去被称为"混校"。有人说，这所学校管理者的脑子远比学校本身"混杂"得多。管理者们认为，学生们可以随自己的喜好任意行事，而不幸的是，学校里十来个块头最大的男生和女生最喜欢做的就是欺负其他同学。要是在一般的学校里，所有恶性事件不到半个学期就会被查明并制止，这个学校却不是这样。就算事件得到处理,做坏事的学生也不会被处罚或开除。按校长的说法,坏学生是很有趣的心理研究案例。校长会把这些人叫来,和他们一聊就是几小时。而如果这学生懂得怎样和校长说话,那么最可能的结果并非获得惩罚,而是博得校长的喜爱。

正因如此,吉尔·波尔在这个阴沉的秋日只好坐在体育馆和学校灌木丛之间一条潮湿的小路上哭着。她哭得正伤心时,一个男孩从体育馆后面拐过来,吹着口哨,双手插在口袋里。他差一点撞到她身上。

"你走路不能看着点吗?"吉尔·波尔说道。

"好啦好啦,"男孩说,"也不用这么激动——"他突然注意到她的脸,"我说,波尔,"他问道,"你怎么啦?"

吉尔脸上做出古怪的表情,当你想说话可又担心一开口就会哭出来时,脸上通常就是这种表情。

"我猜又是那帮人吧,跟平时一样。"男孩严肃地说,双手在口袋里插得更深了。

吉尔点了点头。她不需要再多做说明了,况且她也说不出口。他们两个都明白是怎么一回事。

"我说,你知道,"男孩说,"这样是不行的,我们都需要……"

他是出于好意,但他说话的口气实在像在教育人。吉尔突然发起火来(如果你正哭得伤心却被打断,发火是很正常的)。

"哦,你去管好你自己的事情吧。"她说,"没人让你掺和进来,不是吗?你可真是个大好人,来告诉我我们所有人都该怎么做,是吗?我猜你要说我们都该像你一样,时时刻刻忍气吞声,拍那帮人的马屁,服侍他们。"

"哦,天啊!"男孩说着,坐在了灌木丛边的草地上,但草地太湿了,他立刻又站起来。他的名字不太响亮,叫作尤斯塔斯·斯克罗布,但他不是个坏孩子。

"波尔!"他答道,"你说这些话公平吗?我这学期做过这样的事吗?关于兔子的事件,我不是站出来和卡特对峙了吗?我难道没有保守斯皮文斯的秘密——还是在拷打之下?我难道没有——"

"我不——不知道,我也不在乎这些。"吉尔抽噎着说。

 纳尼亚传奇

斯克罗布看得出,她情绪仍然很激动,于是明智地给了她一颗薄荷糖,自己也吃了一颗。吉尔立刻变得通情达理多了。

"对不起,斯克罗布,"她马上说,"我说得不对,你这学期确实表现得很好。"

"那就请你忘了上学期的事吧。"尤斯塔斯说,"我那时和现在完全不同。我那时——天啊!真是个小混蛋。"

"嗯,坦白说,确实如此。"吉尔回答道。

"这么说,你发现我的变化了?"尤斯塔斯问道。

"不仅仅我发现了。"吉尔答道,"每个人都这么说。那帮人也发现了。埃莉诺·布拉基斯顿说,她昨天在更衣室里听到阿黛拉·潘尼法泽谈论你,说,'斯克罗布那家伙不知道受了谁的指使,这学期十分不听话。我们下次必须得关照他一下了。'"

尤斯塔斯耸了耸肩。实验学校的每个人都明白那帮人的"关照"是什么意思。

一时间,两个孩子都沉默了。雨滴从月桂树的叶子上滴落下来。

"你和上个学期比，怎么有这么大的变化？"片刻后，吉尔问道。

"假期里我经历了很多怪事。"尤斯塔斯神秘地说。

"什么样的事？"吉尔追问。

尤斯塔斯半天都没有说话，然后，他开口道：

"我说，吉尔，我们两个对这所学校的讨厌程度，绝对不输给任何人，对吗？"

"我肯定，是的。"吉尔说。

"那我想，我确实可以信任你。"

"你当然该信任我。"吉尔答道。

"好，不过这是个很重大的秘密。我问你，波尔，你愿意相信一些事吗？我说的是这里的其他人听了都会觉得可笑的事？"

"我没机会尝试。"吉尔回答，"但我想，我会相信的。"

"如果我说，我上个假期去了另一个世界——和我们现在的世界完全不同，你会相信吗？"

"我不明白你是什么意思。"

"好吧，我们不要纠结于世界什么的了。比方说，

纳尼亚传奇

我告诉你,我去了一个地方,那里的动物会说话,而且,那里有着——嗯,魔法和火龙,以及,可以说是你在童话故事里见过的所有东西。"斯克罗布说着这些话,自觉难堪,脸红了起来。

"你是怎么去到那里的?"吉尔问,也觉得怪不好意思的。

"只有一个方法——用魔法。"尤斯塔斯几乎是耳语般地说道,"我和我的两个表亲一起。我们突然就瞬间转移了。他们以前就去过那里。"

现在,两个人开始轻声交谈,不知怎么,吉尔觉得这件事更可信了。然而,突然间,她心中生出一个可怕的怀疑,她说道(语气非常凶悍,使她看上去简直像只母老虎):

"如果我发现你是在捉弄我,我就再也不和你说话了,再也不。"

"我没有。"尤斯塔斯回答,"我发誓这是实话。我对——一切起誓。"

(我上学的时候,大家会说,我对《圣经》起誓。但

6

银椅子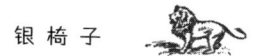

是实验学校不鼓励大家读《圣经》。)

"好吧。"吉尔说,"我相信你。"

"你不会和别人说吧?"

"你把我当成什么人了?"

说这些话的时候,他们很兴奋,但话说完后,吉尔向四周看了看,看见了阴沉的秋日天空,听见了雨滴滴落树叶的声音,想到实验学校里令人绝望的事情(这个学期一共有十三个星期,还有十一个星期才结束呢),她说:

"但说到底,这有什么意义呢?我们没有在那个地方,我们在这里。我们也肯定没法去那里。我们能去吗?"

"我最近一直在琢磨这件事。"尤斯塔斯说,"我们从那个地方回来的时候,有人说佩文西家的两个孩子(就是我的表亲)再也不能回去了。要知道,他们已经去过三次了。我猜想,可能他们的次数已经用完了。但那个人没说我不能再去。如果他没说这话,难道意思是我会回去的?我忍不住想,我们能不能——有没有可能——?"

"你是说,我们自己做些什么样的事情,好能过去?"尤斯塔斯点点头。

"你是说,我们可以在地上画一个圈,在里面写一些怪异的字符,然后站在里面,背诵咒语之类的?"

"嗯……"尤斯塔斯努力思考片刻后,回答道,"我之前确实想象过这样的事情,虽然我从来没试过。可是现在真要尝试的话,我又觉得可能画圈之类的方案行不通。我觉得那边的那个人不会喜欢这些。这会显得我们以为自己可以命令他。我们只能请求。"

"你一直说的这个人到底是谁呀?"

"那里的人都叫他阿斯兰。"尤斯塔斯回答。

"多奇怪的名字呀!"

"他本人还要奇怪得多。"尤斯塔斯郑重其事地说,"我们现在就行动吧。只是请求一下,没什么坏处。我们像现在这样,并肩站好,双手伸直,手掌朝下,他们在拉曼杜岛上就是这么做的——"

"什么岛?"

"我之后再给你讲。他可能会希望我们面朝东方。我

银椅子

看看,东方是哪一边?"

"我不知道。"

"女孩都不分东南西北,真令人难以想象。"尤斯塔斯说。

"你不是也分不清吗?"吉尔愤愤不平地说。

"我分得清,只是你一直捣乱。我现在知道了,那边就是东方,我们正对着月桂树就行。好了,你跟着我念词,明白吗?"

"什么词?"吉尔问。

"当然就是我待会要说的词。"尤斯塔斯答道,"准备好——"

于是,他开口念道:"阿斯兰,阿斯兰,阿斯兰!"

"阿斯兰,阿斯兰,阿斯兰!"吉尔重复道。

"请让我们两个进入——"

就在这时,体育馆的另一边传来喊声:"我知道波尔在哪儿。她在体育馆后面哭鼻子呢。要我把她抓过来吗?"

吉尔和尤斯塔斯互相看了一眼,猫着腰钻进月桂树丛,然后以相当令人佩服的速度沿着灌木丛那陡峭而泥泞的地面往上爬。(由于实验学校奇怪的教学方式,学生们虽然学不到多少法语、数学和拉丁语知识,但大家都学会了在那帮人找自己时快速地悄悄逃跑。)

他们爬了大约一分钟,然后停下来仔细听动静,从听到的声音中,他们知道,后面有人跟着。

"要是门还开着就好了!"他们往前走时,斯克罗布说,吉尔也点了点头。灌木丛的最顶端有一堵高高的石墙,石墙上有一道门,门外是一片开阔的野地。那道门

银椅子

几乎总是锁着的,不过有几次有人看到它开着,也可能只有过一次。但可以想象,哪怕只此一次的记忆也足以让人心怀希望,去试着打开那道门;毕竟,如果门真的开着,那就是一个神不知鬼不觉溜出学校的绝佳途径。

吉尔和尤斯塔斯几乎是一路弯着腰穿过月桂树丛的。两个人身上都又热又脏,气喘吁吁地朝石墙走去。而那道门一如往常地关着。

"这肯定没戏。"尤斯塔斯说着,把手放到门把上,然后——"哦!天啊!"把手转动了。门打开了。

片刻前,两个人都巴不得飞一般地穿过那道门,只要门没有锁住。然而,门真的开了以后,他们都站在原地不动了,因为他们看到的景象与想象中全然不同。

他们本以为会看到长满石楠花的灰色野地一路向前延伸,在尽头与秋日阴沉的天空相接。然而,一道阳光照射在他们面前。阳光从门缝中倾泻而出,就像在夏日打开车库门时照进的光一样。光照得草地上的水珠像宝石般闪闪发亮,也照在吉尔哭得脏兮兮的脸上。这阳光无疑是从另一个世界照进来的——虽然他们只能瞥见一

11

部分：他们看到了平整的草地，比吉尔过去见过的草地都要平整光滑，还有湛蓝的天和空中飞来飞去的东西，它们如此明亮，就像巨大的蝴蝶或会飞的珠宝。

虽然吉尔一直向往着这样的世界，但此刻她吓坏了。她看着斯克罗布的脸，看出他也很害怕。

"来吧，波尔。"他屏住呼吸说。

"我们还是回去吧？这里安全吗？"吉尔问。

就在这时，后面传来一个刻薄而恶毒的尖叫声："行了，波尔，我们都知道你在前面，你赶紧下来。"是伊迪丝·杰奎尔，她不算是那帮人的正式成员，但属于他们的喽啰和眼线。

"快来！"斯克罗布说，"来这边，抓着我的手。我们千万不能走散了。"吉尔还没反应过来，斯克罗布就抓住她的手，拉着她穿过那道门，离开了学校，离开了英国，离开了我们这个世界，进入了另外一个世界。

伊迪丝·杰奎尔的声音突然消失了，就像收音机被关掉一样。他们身边立刻被其他声音所围绕，是空中那些明亮的东西发出的，原来它们是鸟。鸟儿喧闹地叫着，但这

银椅子

本质上比我们这个世界的所有鸟鸣都更像在唱歌，只不过是一种更为意味深长的歌声，一开始很难去欣赏。虽然鸟儿在歌唱，可是环境中有一种更宏大的宁静。这种宁静，混合着清新的空气，让吉尔以为他们一定是站在非常高的山顶上。

斯克罗布仍然握着她的手，往前走着，看着周围的一切。吉尔看到了巨大的树，像是比平时大了许多的雪松，到处矗立着。但这些树长得并不密集，树下也没有灌木等植物，因此并没有挡住他们的视线。他们向森林深处左右眺望，在吉尔的视线范围内，到处都是一样的景色：平坦的草地，纷飞的群鸟——黄色、亮蓝色和七彩的鸟，蓝色的影子和一片空荡。空气凉爽清澈，但没有一丝风。这片森林非常孤寂。

路的正前方没有树，只看到蓝蓝的天空。他们沉默地继续向前走，突然，吉尔听到斯克罗布说："小心！"并感到自己被往后拉去。他们已经走到了悬崖边上。

幸运的是，吉尔不是一个恐高的人。她并不害怕站在峭壁旁边。她对于斯克罗布拉住自己的举动颇不耐烦，

纳尼亚传奇

一边说"别把我当小孩子",一边挣开了他的手。看到斯克罗布脸色惨白的样子时,她心里很是鄙夷。

"怎么啦?"她说。为了证明自己不害怕,她站得离悬崖边更近了些——说实话,比她自己能承受的还要近。然后,她往下看去。

这时她才意识,斯克罗布脸色变白是有理由的,因为我们的世界里没有任何一座悬崖可与这里相比。想象一下,你站在你见过的最高的峭壁上,然后你往最下面的深渊望去。然后想象深渊继续向下延伸,变成十倍、二十倍那么深。再想象你望向这样深不见底的沟壑时,看到了一些小小的白色的东西,第一眼看去像是绵羊,但你立刻意识到那是云朵——不是那种一圈圈的雾,而是像山一样大的白色的蓬松的云。最后,在这些云的缝隙间,你瞥见了真正的谷底,但那太远了,你看不出下面是田地还是森林,陆地还是水面;谷底和云彩的距离比你在悬崖上离云彩还要远。

吉尔盯着下面看着。然后,她觉得自己说到底还是应该往回退一两步,但她担心斯克罗布的想法,不愿意

这样做。突然间,她决定不去在乎斯克罗布怎么想了,她一定要离开那可怕的悬崖边,并且再也不嘲笑怕高的人。但当她试着移动时,却发现自己动弹不得,她的腿似乎成了水泥做的,眼前的景色开始旋转。

"波尔,你在干吗?快回来——你这胡闹的小笨蛋!"斯克罗布喊道。但他的声音似乎很远很远。吉尔感觉自己被斯克罗布抓住了,但此刻的她已经完全控制不了自己的四肢。他们两个在悬崖边缘努力挣扎了一会儿——吉尔太害怕、太晕了,不清楚自己在做什么,但发生的两件事是她一辈子都不会忘记的(她之后经常梦到这两件事):一是她挣脱了斯克罗布的手;二是与此同时,斯克罗布失去了平衡,一边惊恐地尖叫着,一边猛地跌入了深渊。

比较幸运的是,吉尔没有时间去思考自己到底做了什么。一只体型巨大、色彩明亮的动物冲到了崖边,俯下身子趴下来,然后吹起气来(多古怪的举动)。它不是咆哮或哼叫,而是张大了嘴吹气,喷出的气流就像吸尘器吸气时一样稳定。吉尔躺得离它很近,近得能感觉

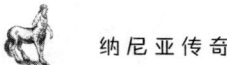纳尼亚传奇

到气流是如何在动物的身体中涌动。吉尔之所以躺着,是因为她站不起来。她几乎要昏过去了:事实上,她希望自己真的昏过去,但人很难主动选择昏倒。最后,她看到在自己身子下面很远的地方,有一小粒黑色的尘埃飘着离开了山谷,渐渐向上升。在它向上的时候,也逐渐在飘向远方,等到它升到和悬崖一样高时,已经远得看不见了。它显然在以很快的速度远离他们。吉尔不禁觉得,是自己身边的动物吹走了这粒尘埃。

于是她回过头看着那动物:那是一头狮子。

第2章 吉尔接到了任务

狮子没有看吉尔一眼,便站起身来,吹出了最后一口气。然后,它似乎很满意自己的工作,转过身,慢慢走开,又进入了森林之中。

"一定是做梦,肯定是这样。"吉尔自言自语道,"我很快就会醒过来的。"但这不是梦,所以吉尔并没有醒。

"真希望我们没有来这个鬼地方。"吉尔说,"我敢说斯克罗布对这个地方的了解不比我多到哪里去。如果他有所了解,他就没有权力在不警告我这里的状况前就把我带过来。他从悬崖摔下去不是我的错。他如果不去管我,我们两个都不会有事。"这时,她突然想起了斯克罗布坠落时那可怖的叫声,眼泪立刻夺眶而出。

纳尼亚传奇

有时候哭上一场也不是坏事。只不过你早晚还是要停下来，继续思考该怎么做。而当吉尔停止哭泣时，她发现自己渴得要命。她刚才一直趴在地上，现在坐了起来。鸟儿已经停止了歌唱，万籁俱寂，只有一个小小的声音一直响着，似乎是从很远的地方传来的。吉尔仔细听着，很确定这是水流的声音。

吉尔站了起来，仔细观察身边的一切。狮子的踪迹已经不见了，但四周有很多树，因此它可能还在附近，只是吉尔看不见。吉尔心里想，可能这里有好几头狮子呢。但她实在太渴了，所以鼓起了勇气去寻找那水流的

18

银椅子

来源。她蹑手蹑脚地行走，从一棵树边悄悄地移动到另一棵树边，每走一步都小心观察四周。

森林里安静极了，很容易判断水流声是从哪个方向传来的。声音越来越清晰，吉尔花了比预想中更短的时间就来到了一片林间空地，看到了小溪。水面光亮如镜，溪水流过草地，距离近得她可以把一颗石子扔进去。虽然看到了水的吉尔比先前还要渴上十倍，但她没有立刻冲过去喝水。她像被石化了一样在原地站着，嘴张得大大的。她这样做的理由很简单：那头狮子就在小溪的这一边趴着。

狮子的头高高抬起，两只前爪伸向前方，就像特拉法尔加广场[①]上的那座狮子雕塑。吉尔立刻知道狮子看到了自己，因为它的目光和她对视了片刻，不过它随即又转开了目光——似乎它对她十分了解，并且不太瞧得起。

"如果我逃跑，它会立刻追上来的。"吉尔想，"如果我继续往前走，就走进它的嘴里了。"但话说回来，她就

---

① 特拉法尔加广场是伦敦著名的景点，为纪念特拉法尔加海战而修建。

纳尼亚传奇

是想走也浑身动弹不得,并且她没法不去看那头狮子。吉尔不确定这种状态持续了多久,但感觉上就像有几个小时。她已经渴得受不了了,觉得只要能喝上一口水,哪怕被狮子吃掉也无所谓。

"你要是渴了,就喝点水吧。"

自从斯克罗布在悬崖边对吉尔说过话后,这是她第一次听到说话声。她在那里愣了一秒钟,四处看着,心想到底是谁在说话。这时声音又响起了:"你要是渴了,就过来喝水吧。"当然,她记得斯克罗布说过,另一个世界的动物会说话,便反应过来是狮子在说话。这次,她看到了它的嘴唇在动,并且发觉这声音和人类的不一样,更低沉、更狂野、更有力,是一种威严而洪亮的声音。这并没有减少她的恐惧,而是让她感到了另一种恐惧。

"你不渴吗?"狮子问。

"我快渴死了。"吉尔答道。

"那就喝吧。"狮子说。

"我能——我可以——我喝的时候你可以走开吗?"吉尔问道。

狮子对此的回答只是看了她一眼,发出非常低沉的吼叫。吉尔看着它一动不动的躯体,意识到自己还不如去要求一座大山为了自己方便而走开。

小溪的流淌声让吉尔想喝水想得快要发疯了。

"你可不可以保证,如果我过去,你不会伤害我?"吉尔问。

"我不做保证。"狮子答道。

吉尔确实太渴了,她往前靠近了一步,连自己都没有意识到。

"你吃小女孩吗?"她问。

"我曾吞下过女孩和男孩、男人和女人、国王和皇帝、城市和王国。"狮子回答,它这样说并不显得很得意,也不显得抱歉或是愤怒,只是陈述事实。

"我不敢去喝水。"吉尔说。

"那你就会渴死的。"狮子说。

"哦,天啊!"吉尔说着又靠近了一步,"我想我只好去找另一条小溪了。"

"没有别的小溪了。"狮子告诉她。

吉尔从没想过怀疑狮子——看着它严肃的面孔，没有人会有这种想法——而她突然就下定了决心。这是她做过的最可怕的事，但她还是径直走向了小溪，跪下来，开始用手舀水喝。这水比她喝过的都要清凉可口，只要喝上一小口就能立刻解渴。她本来打算喝完水就立刻从狮子身边逃跑，但此刻，她意识到那可能才是最危险的举动。她站起身，立在原地，嘴上湿湿的，还沾着溪水。

"过来。"狮子说。吉尔只好照做。她几乎已经站到了狮子的两只前爪中间，直直地看着它的脸。但她承受不住狮子的目光，于是低下头来。

"人类的孩子，"狮子开口道，"那男孩去哪儿了？"

"他从悬崖上掉下去了，先生。"吉尔回答，"先生"两个字是她后补上的，她不知道该叫狮子什么，但如果不带称呼显得太没礼貌了。

"他怎么会掉下去，人类的孩子？"

"是为了让我不掉下去，先生。"

"你为什么站得离悬崖边那么近，人类的孩子？"

"是为了炫耀，先生。"

银椅子

"这是很诚实的答案,人类的孩子。以后不要这样做了。至于现在(狮子的表情第一次有所缓和),那男孩已经安全了。我把他吹到了纳尼亚。但你因为自己的所作所为,需要完成更严峻的任务。"

"请告诉我,是什么任务?"

"我把你们两个召唤到这个世界来,就是为了这个任务。"

吉尔仍然不明白。"它准是把我错认成其他人了。"她想。她不敢跟狮子这样说,但是又觉得如果不说清楚,事情准会搞成一团糟。

"说出你的想法,人类的孩子。"狮子说。

"我在想——我是说——会不会是搞错了?因为没有人召唤我和斯克罗布,你知道的。是我们自己想要来这里的。斯克罗布说我们要请求一个人——他的名字我不记得了——可能那个人会放我们进来。我们这样做了,于是大门就打开了。"

"如果我没有召唤你们,你们是不会想到去呼唤我的。"狮子说。

"那么,你就是那个人,先生?"吉尔说。

"正是。现在听好你的任务。在离这儿很远的纳尼亚王国里,有一位年迈的国王,他很悲伤,因为他没有王子来继承王位。他后继无人,这是因为多年前他的儿子被人拐走了,在纳尼亚,没有人知道王子去了哪里,是不是还活着。但他确实还活着。我现在给你一道命令:你去寻找这位走失的王子——你也许能够找到他,把他送到他父亲面前;也许你会死在寻找的途中;也许你会回到你原来的世界。"

"请告诉我,该怎么找?"吉尔问。

"我会告诉你的,孩子。"狮子回答,"下面这些指示可以指引你完成任务。首先,男孩尤斯塔斯一踏进纳尼亚,就会遇到一位亲爱的老朋友,他必须立刻问候那位朋友,如果他这样做了,你们就能得到很有用的帮助。其次,你们必须从纳尼亚向北进发,来到古代巨人城的废墟。再次,你们会在城市废墟里发现写在石头上的文字,你们必须按照文字写的去做。最后,如果你能找到走失的王子,你将有办法认出他:他会是第一个以我的

银椅子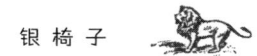

名义向你提出请求的人,我的名字就是阿斯兰。"

狮子似乎说完了,吉尔觉得自己得说点什么,于是她开口道:"谢谢你,我明白了。"

"孩子,"阿斯兰说,声音比先前轻柔了些,"你可能并没有真的明白。但是第一步,先记住我说的。按顺序,重复一遍我的四个指示。"

吉尔试着复述,但是总是说错。于是阿斯兰纠正她,让她一遍又一遍地重复,直到她说得一点不错。在整个过程中,他都十分耐心,于是吉尔在背完之后,鼓起勇气问道:

"请告诉我,我怎么去纳尼亚呢?"

"凭借我的呼吸。"狮子说,"我会把你吹到纳尼亚的西部,就像尤斯塔斯一样。"

"我能来得及提醒他按第一条指示去做吗?不过我想应该没有关系的,如果他看到了老朋友,一定会去问候他的,不是吗?"

"你没有时间可以耽误了。"狮子答道,"因此我现在就要把你送过去了。来吧。走到悬崖边上,站在我前面。"

吉尔很清楚，没有时间可以耽误这一点是她自己造成的。她心想："如果我没有做傻事的话，斯克罗布和我就能一起过去了。他也就能和我一起聆听那些指示。"她按照狮子说的去做了。再次走到悬崖边上是非常让人心惊肉跳的，更何况狮子没有站在她的边上，而是站在她后面，他柔软的爪子走在地面上时，没有发出一点声音。

但是，在吉尔离悬崖边还很远的时候，她身后就传来了声音："站住别动。我很快就要吹气了。但首先，你一定、一定、一定要记住我的指示。每天早上醒来后和晚上睡觉之前，都要对自己重复一遍，包括晚上睡觉中间醒来的时候。并且只要有怪事发生的时候，就要对自己重复指示，不能让任何其他事情把你的注意力从指示上转移走。我再给你一个提醒：在这座山上，我对你说的话非常清晰明白，但是在纳尼亚，我通常不会这样说话。这座山上的空气非常清澈，你的头脑也很清醒，但纳尼亚的空气更为凝重。要小心，不要让那里的空气把你的头脑弄混。你在这里听到的指示真正出现时，和你的想象会有所不同，因此务必把它们牢牢记在心里，不

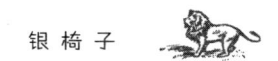

要只在意表象。记住指示,并相信它们。其他的都不重要。现在,夏娃之女,再见了——"

这段话说到后面,狮子的声音变得越发轻柔,而现在,这声音已经消失不见了。吉尔看了看身后,非常惊讶地发现,峭壁离自己已经有一百多码远了,狮子站在悬崖边,看上去像一个耀眼的金点。吉尔刚才一直紧咬着牙,握着拳头,等着狮子猛地吹出那股可怕的气流,但事实上他的气息如此轻柔,吉尔根本没有发现自己已经离开地面。现在,她的身下只有成千上万英尺的空间。

这只让吉尔害怕了短短一秒钟。一个原因是,她身下的世界看起来如此遥远,似乎她永远不会掉落到那里;另一个原因是,飘浮在狮子吹出的气息中,她感觉特别舒服。吉尔发现自己可以躺着、趴着,或转成自己喜欢的任何姿势,就像水性很好的人在水里一样。另外,由于她乘着吹出的气移动,她的周围是没有风的,空气十分温暖宜人。这和坐飞机一点也不一样,没有任何震动或噪声。吉尔猜想,坐在气球里飞行就是这种感觉,只不过这比气球还要舒服。

此刻，吉尔回望自己离开的那座山，这才意识到那座山到底有多大，她不禁怀疑，为什么如此巨大的山上没有覆盖着冰雪。"不过我想，这个世界里所有的东西都不一样吧。"吉尔暗自想。她又向身下看去，可是她飘浮得太高了，根本看不见下面到底是陆地还是海洋，也不知道自己移动的速度究竟有多快。

"天啊！那些指示！"吉尔突然说，"我最好把它们重复一下。"有一两秒钟，她感到慌张不已，但很快便发现自己仍然清晰地记得这些指示。"没问题了。"她说，然后又躺到了空气中，满足地呼了口气，就像躺在沙发上一样。

"哎呀，说真的，我睡着了。"几小时后，吉尔自言自语说，"在天上睡觉，多稀奇呀！我猜没有人做过这样的事。哦，讨厌，斯克罗布可能已经这样做过了！就在一段时间之前，他经历了和我一样的事。我来看看，现在下面是什么景色。"

下面看起来是一片巨大的、深蓝色的平原。在她的视野范围内，没有山丘，但有体积不小的白色物体在移

动。"这些一定是云。"她想,"但是它们比我们在悬崖上看到的要大得多。我猜它们看起来更大,是因为我离它们更近了。我一定是在降落了。哎呀,太阳真讨厌!"

她刚刚出发时,太阳高高地挂在头顶上,而现在已经平行地进入了她的视线。这说明太阳在下落,而且就在她的前方。斯克罗布说得对,吉尔的方向感不强(其他的女孩我不敢说),否则她就会意识到,当她能看见太阳的时候,就说明她离西边的目的地已经不远了。

吉尔看着下面的蓝色平原,这才发现上面零零星星地分布着明亮的淡颜色小点。"原来下面是大海!"她想,"我想那些一定是小岛。"她想得没错;如果她知道斯克罗布曾在船头的甲板看到过其中一些岛,甚至还登上去过,一定会嫉妒的。但她并不知道这些。过了一会儿,她又发现平整的蓝色海面上有小小的波纹,如果站在海边看,这些小小的波纹一定是非常巨大的海浪。而现在,海平线上出现了一条暗色的粗线,可以看到它正不断变得更暗更粗。这是她得到的第一个线索,让她知道移动的速度有多快。她意识到,那条粗线一定就是陆地。

突然，一团巨大的白色云彩从吉尔的左边冲过来（因为风是从南往北吹），而且正和她在一样的高度上。她还没反应过来，就一头扎进了寒冷的湿雾中。她感到无法呼吸，不过这状态只维持了一小会儿。从云朵中出来后，她在阳光中眨着眼，发现自己的衣服都湿透了（由于这一天是阴天，地上又泥泞，她脚上穿的是很厚的鞋子和长筒袜，身上是毛衣、运动外套、短裤）。此刻，她在空中的位置比先前更低了一些，于是她立刻注意到了和之前不一样的地方，这种变化本应在情理之中，但她却吃了一惊：她听到了声音。她刚才一直在绝对的安静中前进，而此刻，她第一次听到了海浪的拍打声和海鸥的叫声。同时，她也第一次闻到了海水的咸味。现在她清楚自己移动得有多快了——她看到两道浪冲击在一起，激起了一道泡沫，而还没等她看清，泡沫就已经在她身后一百码的地方了。陆地以极快的速度向她靠近，她能看到内陆深处的山脉和左边一些更近的山。她看到了海湾和海岬、森林和草地，还有绵延的沙滩。海浪拍打海岸的声音越来越大，盖过了其他的声音。

银椅子

突然间,陆地在她眼前展开了。她正飘向一个河口。现在她已经降得很低,距离水面只有几英尺了。一道浪头打到了她的脚趾,一股冲劲很大的泡沫浸湿了她的腰。她的速度因此慢了下来,不过她没有被水流冲走,而是滑到了左手边的河岸上。视野里涌入很多东西,让她目不暇接:平整的绿色草地、一艘色彩明亮得宛如宝石的轮船、塔楼和防卫墙、空中飘扬的条幅、人群、鲜艳的色彩、铠甲、金子、宝剑。她还听到音乐声。这些东西乱作一团,而她弄清楚的第一件事,就是她已经降落了,正站在河边的树林下面。而在她身边几英尺远的地方,站着斯克罗布。

她的第一个念头是,他看起来可真够脏乱的;第二个念头是:"我浑身都湿透了!"

第 3 章　国王起航

斯克罗布之所以看上去这样脏（其实吉尔也是一样，只不过她看不到自己），是被他们周围辉煌的景物衬托的。我最好赶快描述一下那是怎样的场景：

吉尔靠近陆地时，看到了内陆深处的群山。此刻，落日从山峰的缝隙之间洒出了余晖，和地面平行。而在草地的远方，坐落着一座有很多塔楼和角楼的城堡，这是吉尔见过的最漂亮的城堡了，它的风向标在阳光中闪闪发亮。近处有一座白色大理石建造的码头，一艘轮船停泊在这里：这是一艘高大的轮船，船头和船尾高高翘起，船身漆成金色和红色，桅杆顶端挂着巨大的旗帜，甲板上飘扬着很多条幅，船舷上竖着一排像银子一样闪

银椅子

亮的盾牌。船的跳板被放了下来，跳板的一头站着一位正准备登船的老人。他穿着鲜红色的披风，前面开衩的地方露出里面的银制链甲。他头上戴着细细的金色头环，羊毛一般洁白的胡子几乎垂到腰间。他站得很直，一只手搭在一位衣着华丽的贵族肩上，这位贵族看起来要年轻一些。这位老人已经很老很脆弱了，似乎一阵风就能把他吹跑，他的眼里水汪汪的。

国王转过身来，想在上船之前对自己的臣民说几句话。他的面前是一把带轮的椅子，由一头矮驴拉着，这

驴比猎犬高大不了多少。驴车上坐着一个胖胖的矮人。他穿得和国王一样华丽，但由于他身形肥胖，并且坐在一堆高高的垫子上，衣服在他身上的效果颇有不同：他看起来像一个浑圆一体的，由皮毛、丝绸和天鹅绒捆起来的包裹。他和国王一样老了，但精力更为充沛，眼神中充满活力。他硕大的头上没有头饰，也没有头发，在落日余晖中，他的头像一颗台球一样发亮。

在他们后面，有一些人围成半圆站着，吉尔立刻猜出这些人是大臣们。仅是他们的衣服和铠甲就够人观赏半天，事实上，与其说他们是一群人站在一起，不如说是一座花团锦簇的花坛。然而真正让吉尔目瞪口呆的，是这些人本身的样子——如果能用"人"这个字形容的话。因为这里面只有大概五分之一是人类，其他成员都是在我们的世界绝对见不到的物种：有半羊人、萨梯、马人和矮人。吉尔看过图画，所以知道他们都叫什么。此外还有很多的动物：熊、獾、鼹鼠、豹子、老鼠，还有各种鸟类。但它们和我们日常见到的这些动物又不一样，有的要大得多——比如老鼠就有两英尺多高，而且用两

银椅子

条后腿站立。除此之外，还有其他不同寻常的地方：从它们的表情就能看出，它们和人类一样，可以说话和思考。

"老天爷！"吉尔心想，"这一切都是真的。"然而，下一刻，她又想，"可是他们友善吗？"这是因为她注意到，在人群的边缘，还站着一两个巨人和一些她认不出是什么的人。

就在这时，阿斯兰的指示突然涌入了吉尔的脑海。在过去的半个小时里，她把它们忘得一干二净了。

"斯克罗布！"她小声说，抓住他的胳膊，"斯克罗布，快告诉我！你看到你认识的人了吗？"

"你又出现在我跟前了，是吗？"斯克罗布不乐意地说（他颇有理由这样做），"听我说，安静点行吗？我想听他说话。"

"别犯傻了。"吉尔说，"没有时间可以耽误了。你在这里没有见到老朋友吗？如果见到，你必须去和他问好。"

"你在说什么呀？"斯克罗布问。

"阿斯兰——那头狮子——说你必须这样做。"吉尔急切地说，"我见过他了。"

"哦,你真的见过了?他说些什么?"

"他说,你在纳尼亚见到的第一个人是一位老朋友,而你要立刻问候他。"

"可是,这些人我这辈子一个也没见过;而且我根本不确定这里是不是纳尼亚。"

"我记得你说过你以前来过的。"吉尔说。

"那你记错了。"

"亏你说得出口!你明明告诉过我——"

"老天啊,别说话了,我们听听他们在说什么。"

国王正在对矮人讲话,但吉尔听不清他在说什么。并且,如果她没弄错的话,矮人并没有答话,只是一直在点头和摇头。这时,国王提高了声音,开始对整个宫廷说话;但他的声音太苍老、太微弱了,她只能听清很小的一部分——况且他的演讲里面满是她没听过的人名和地名。国王讲完话后,俯下身来,在矮人的脸颊两侧各亲了一下,然后他直起身,举起了右手,似乎是在保佑人民,接着,他迈着颤颤巍巍的脚步缓慢地走上跳板,登上了船。大臣们似乎对他的离去深感不舍,纷纷掏出

银椅子

了手帕,抽泣声从四面传来。跳板被收回到船上,船尾上的水手吹起号角,轮船便从码头起航了(船是被一只划艇拖动的,但吉尔没有看见)。

"现在——"斯克罗布刚开口就停下了,因为就在这时,一个大型的白色物体在空中滑落下来,落在了他脚边。吉尔一开始以为那是一只风筝,事实上,这是一只白色的猫头鹰,它的体型很大,站直时和多数矮人差不多高。

猫头鹰眨着眼睛,使劲看着他们,就像近视一样。它把脑袋轻轻歪到一边,用轻柔的猫头鹰的嗓音说道:

"咕——咕!你们两个是谁?"

"我叫斯克罗布,这位是波尔。"尤斯塔斯说,"你可以告诉我们这是哪里吗?"

"这里是纳尼亚王国,国王的凯尔帕拉维尔城堡。"

"刚才登上轮船的那位就是国王吗?"

"一点没错,一点没错。"猫头鹰摇着大脑袋,悲哀地说,"不过你们两个是谁?你们身上有点魔法的力量,我看到了你们是怎么过来的——你们是飞过来的。别人都忙着看国王启程，没人注意到你们。除了我。我正好看到了你们在天上飞。"

"是阿斯兰把我们送来的。"尤斯塔斯低声说。

"咕——咕！"猫头鹰说着，竖起了羽毛，"这消息太过震撼了。离夜晚还早，太阳落山后，我才能醒过神来呢。"

"我们是被派来寻找走失的王子的。"吉尔说，她一直很着急，想参与到对话当中。

"我第一次听说这件事。"尤斯塔斯说，"什么王子？"

"那你最好立刻去和摄政大臣谈一下。"猫头鹰说，"他就是特鲁普金，在那边的驴车上。"猫头鹰转过身去，一边带路，一边自言自语道，"咕——咕！该怎么做呢？我现在脑子还不清楚，这一天才刚开始。"

"国王怎么称呼呢？"尤斯塔斯问。

"凯斯宾十世。"猫头鹰回答。吉尔看到斯克罗布突然停住了脚步，并且整个人神色大变。她疑惑不解，她觉得自己从未见到斯克罗布为任何事感到这样不自在。但她还没来得及问个清楚，他们就已经来到了矮人特鲁

银椅子

普金身边。矮人刚刚抓起驴身上的缰绳，正准备驾车回城堡。刚才成群的大臣们也散开了，三三两两地往同样的方向走去，就像刚看完一场比赛的观众散场时一样。

"咕——咕！嘿！摄政大臣！"猫头鹰俯下身子，把嘴对准矮人的耳朵叫道。

"嗯？怎么？"

"有两个陌生人在这里，大人。"

"陌生人！你想说什么？"矮人回答，"我看到了两个脏得要命的人类小孩。他们想干吗？"

"我叫吉尔。"吉尔走上前去，说道。她急于解释他们来这里要完成的重要任务。

"这女孩叫吉尔。"猫头鹰用自己最大的声音说。

"什么？"矮人说，"女孩子在叫救命！我简直不敢相信！哪些女孩在叫救命？谁要杀她们？"

"只有一个女孩，大人。"猫头鹰说，"她的名字叫吉尔。"

"大点声，大点声。"矮人说，"别站在那儿，对着我耳朵小声嗡嗡。谁在叫救命？"

"没有人叫救命。"猫头鹰说。

"谁？"

"没有人！"

"好吧，好吧，你不用大吼大叫的。我还没有那么聋。你过来就为了告诉我没有人叫救命？本来就不该有人叫救命，不是吗？"

"最好告诉他，我叫尤斯塔斯。"斯克罗布说。

"这个男孩是尤斯塔斯，大人。"猫头鹰用最洪亮的声音说道。

"又傻又痴？"矮人生气地说，"我看他也是。但至于因为这个就把他带进宫吗，我说？"

"不是又傻又痴。"猫头鹰说，"是尤斯塔斯。"

"又塌又湿？我真的不知道你到底在说什么。我跟你说清楚吧，格林费泽大人，我还是一个年轻的矮人时，这个国家里都是些口齿清楚的动物和鸟类，没有人像你这样说话含含糊糊、悄声细语的。像你这样的鸟，连说一句话的机会都没有。一句都没有。额努斯，把我的助听器拿来——"

银椅子

一个小个子半羊人一直悄无声息地站在矮人旁边,这时递给他一把银制的助听器。这助听器的形状很像是一种叫"蛇号"的乐器,粗大的管子缠绕在矮人的脖子上。等他戴好助听器的时候,猫头鹰格林费泽突然小声对孩子们说:

"我的脑袋现在清醒些了。千万不要提走失的王子的事情。之后我和你们解释。这样是不行的,不行,咕——咕!该怎么办呢?"

"好了。"矮人说,"如果你能好好说清楚,就试着说说吧,格林费泽大人。深吸一口气,语速别太快了。"

在矮人的咳嗽声中,在孩子们的帮衬下,格林费泽还是把事情讲明白了:这两个陌生人是阿斯兰派来参观纳尼亚宫廷的。矮人眼睛里闪出一种新的神情。他上下打量着他们。

"是狮子亲自派来的,是吗?"他说,"还是从——那个地方——那个世界尽头以外的地方来的?"

"是的,大人。"尤斯塔斯对着助听器大声说。

"亚当之子和夏娃之女,是吗?"矮人问道。但是实验学校的学生从没听说过亚当或夏娃，因此吉尔和尤斯塔斯不知道怎么回答。不过，矮人似乎并不在意。

"如果是这样，我亲爱的孩子们，"他说着，先后拉起他们两个人的手，并低下头来，"衷心欢迎你们。如果我的好国王，我可怜的主人，不是刚刚启程去七座岛的话，他也会很高兴看到你们，这会让他回忆起自己的年轻岁月，虽然只是片刻。好了，到晚饭时间了。明天早上，当着所有大臣的面，你们再讲讲你们来做什么。格林费泽大人，一定要给这两位客人提供我们最尊贵的卧室、衣服和其他用品。还有一句话，凑近些，我再和你说——"

这时，矮人把嘴凑到猫头鹰的头边上，很显然，他想要说一句悄悄话。然而，和所有耳背的人一样，他不知道自己的声音到底是大是小，于是两个孩子都听见了他的话："一定让他们把自己洗干净些。"

然后，矮人抽打了驴一下，驴便蹒跚地小跑着（它体型小，但是很胖），朝城堡进发了。半羊人、猫头鹰和两个孩子以慢得多的速度在后面跟着。太阳已经落山

银 椅 子

了，空气变得凉爽。

他们走过草地，穿过一片果园，来到了凯尔帕拉维尔城堡的北门。门大开着。他们看到，门里面是一座长满绿草的庭院。从他们右边大厅的窗户里和正前方复杂的一堆建筑里，都透出夜晚的灯火。猫头鹰带着他们走了进去，一个极为亲切的人被叫来照看吉尔——她比吉尔高不了多少，而且瘦得多，不过显然已经是成人了，她如垂柳一般优雅，头发也像柳条一般柔软，上面似乎还长着青苔。她把吉尔带到角楼里一间圆形的房间，房间的地面凹下去一块，是一个小浴池，壁炉里烧着好闻的木头，房间的坡顶上用银制的链子挂着一盏灯。窗户朝西开着，对着纳尼亚神秘的大地，吉尔看到太阳最后一丝红色的余晖还在遥远的群山后边闪烁着。这让她期待更多的冒险，她确信，一切才刚刚开始。

吉尔洗完了澡，梳好了头，穿上了为她准备的衣服——这些衣服不仅触感非常舒适，而且十分漂亮，有香香的味道，摩擦时发出的声音也很悦耳——她正准备去窗边看看迷人的景色，这时，一阵敲门声打断了她。

"请进。"吉尔说完,斯克罗布就走了进来。他同样洗好了澡,穿着纳尼亚的豪华服装。但他的表情似乎显示他没有在享受这一切。

"哦,原来你在这里。"他生气地说,砰的一下坐在椅子上,"我找了你好久了。"

"那你现在找到了。"吉尔说,"我说,斯克罗布,你不觉得这一切简直刺激美好得无法用语言形容吗?"此刻,吉尔完全忘了阿斯兰的指示和走失的王子。

"哦!你是这么想的,是吗?"斯克罗布说,然后他停了一下,继续说,"老天啊,我真希望我们没有来。"

"为什么呀?"

"我接受不了。"斯克罗布说,"看到凯斯宾国王是那样一个衰弱的老人。这太——太吓人了。"

"为什么?这对你有什么影响呢?"

"唉,你不明白。不过想想也是,你肯定不会明白的,因为我没有告诉过你——这个世界的时间和我们那里的不同。"

"什么意思?"

"我们在这里经历的时间，完全不会影响我们的世界。你明白吗？不管我们在这里待多久，回到实验学校后，就还会回到离开时的那一刻——"

"那可挺没意思的。"

"哎呀，别说话了！你老是打断我。等你回到英国，回到我们的世界以后，你就没办法计算这里的时间了。我们在家过一年，纳尼亚这里过了多久都是有可能的。佩文西家的孩子和我解释过这一点，但我竟然忘记了，我这个笨蛋。现在看来，从我上次离开后，纳尼亚已经过了大概七十年了。你明白了吗？我这次回来，发现凯斯宾竟然已经是一个很老的老人了。"

"原来国王是你的老朋友！"吉尔说。她脑中出现了一个可怕的念头。

"我很肯定他是我的老朋友。"斯克罗布痛苦地说，"而且是最好的朋友。上次我来这里时，他只比我大几岁。看到这样一个白胡子老头儿，再回想起我们攻占孤独群岛的那天，或者是和海毒蛇战斗的那天，哦，太吓人了。这比我回到这里发现他死了还糟糕。"

"哦，快别说这个了。"吉尔不耐烦地说，"还有更糟糕的事呢。我们错过了第一个指示。"当然，斯克罗布不明白她在说什么。于是吉尔给斯克罗布讲述了自己和阿斯兰的对话，说明了他们的任务：根据四个指示找到走失的王子。

"明白了吧。"她总结道，"你已经看到了老朋友，正像阿斯兰说的那样。你应该立刻过去和他说话的。但你没有这样做，整件事一开始就没按计划进行。"

"可我怎么会知道呢？"斯克罗布说。

"要是我一开始想告诉你的时候，你听我说了，我们就不会犯错误了。"吉尔说。

"是啊，但要是你一开始没有像个傻瓜一样，走到悬崖边差点把我害死，我们就——没错，你就是差点把我害死，我以后想这么说就要这么说，别大惊小怪的——我们就能一起过来，两个人就都能知道任务了。"

"我想，他确实是你看到的第一个熟人吗？"吉尔说，"你肯定比我早好几个小时到这里。你确定没有看到其他认识的人吗？"

银椅子

"我几乎只比你早到一分钟。"斯克罗布说,"阿斯兰把你吹过来的速度肯定更快,为了弥补耽误的时间——被你耽误的时间。"

"别不依不饶了,斯克罗布。"吉尔说,"我说,那是什么声音呀?"

原来是城堡里响起了晚饭的铃声,争吵越来越激烈时却被打断,两个人都很高兴。他们都很饿了。

晚餐安排在城堡大厅里,这是他们这辈子见过最豪华的场面了——虽然尤斯塔斯曾经来过纳尼亚,但他上次一直在海上航行,对于内陆的礼仪和气派一无所知——条幅从屋顶上垂挂下来,每道菜端上来的时候,都有鼓号队跟随着,餐桌上摆着一看就让人垂涎三尺的汤、色彩斑斓的帕文德鱼、鹿肉、孔雀肉和馅饼,有冰饮、果冻和坚果,还有各种各样的酒和果汁。就连尤斯塔斯的心情也好了起来,说这些食物"真像样"。等人们吃饱喝足后,一位盲人诗人走上前来,开始吟诵一个古老的伟大故事,叫《马和男孩》。故事发生在纳尼亚的黄金时代,当时彼得是凯尔帕拉维尔城堡的至尊国王。故事的主角是科尔王子、阿拉维斯和一匹叫布里的马,他们在纳尼亚、卡乐门和两个王国之间的陆地上冒险(这里没有时间复述整个故事了,但是绝对值得一听)。

当他们不情愿地打着哈欠,上楼准备睡觉时,吉尔想到这一天过得有多么充实,说:"我敢说,今晚一定会睡得很好。"这句话证明,他们谁也没有想到接下来会发生什么。

第4章 猫头鹰议会

有一件事情很奇怪,就是当你越困的时候,想要睡着就越慢,尤其是当你足够幸运,房间里有舒适的炉火时。吉尔觉得,必须在炉火前好好坐上一会儿,才能开始脱衣睡觉。而一旦她坐下后,就再也不想起来了。她和自己说了差不多有五次:"我必须睡觉了。"这时,一阵敲窗户的声音把她吓了一跳。

她站起身来,拉开窗帘。一开始,除了一片漆黑,什么也没有看到。然后,她跳了起来,往后退了几步,因为有一只很大的动物撞到了窗户上,发出咚的一声。一个让人非常不悦的念头进入了她的脑海:"这个国家不会有个头特别大的飞蛾吧!那可太恶心了!"但过了一会儿，这个动物回来了。这一次，吉尔非常确定，自己看到了一只鸟的喙，原来那是喙敲击玻璃发出的声音。"这只鸟好大啊。"吉尔想，"是一只鹰吗？"她并不乐意放鹰到自己的房间来，但她还是打开了窗户往外看。这只动物立刻扑腾着，落在了窗台上，身子占满整个窗户，吉尔不得不往后退一步，给它腾出些地方。原来是那只猫头鹰。

"嘘，嘘！咕——咕！"猫头鹰说，"别出声。我问你，你们两个真的下定决心要完成你说的任务了吗？"

"你是说寻找走失的王子吗？"吉尔说，"是的，我们必须要完成。"这时，她想起了狮子的脸和声音，在大厅吃晚餐和听故事的时候，她几乎把阿斯兰忘了。

"好！"猫头鹰说，"这样的话，就不能浪费时间了。你们必须立刻离开这里。我去把另一个人类小孩叫醒，然后再回来找你。你最好换下这些宫廷服装，穿一些适合长途跋涉的衣服。我很快就会回来的。咕——咕！"不等吉尔回答，它就离开了。

如果吉尔经历过更多的冒险，可能会对猫头鹰的话

心存怀疑，但她完全没动这样的念头。午夜逃离这样刺激的行动让她很兴奋，忘记了睡意。她换回毛衣和短裤，在短裤的腰带上别上一把小刀，这或许能派上用场。她还带上了房间里的另一些物品——是那个有着柳条般头发的女孩准备的。她挑了一件长度到膝、带着帽兜的斗篷（她心想，如果下雨，正好穿这件衣服），还拿上了几条手帕和一把梳子。然后，她便坐下来等着。

就在吉尔又开始犯困时，猫头鹰回来了。

"这下我们准备好了。"他说。

"最好由你来带路。"吉尔说，"我还没摸清这里的走廊和过道。"

"咕——咕！"猫头鹰说，"我们不从城堡里走。那样不行。你得骑到我身上，我们飞出去。"

"哦！"吉尔张大了嘴巴说，她并不很喜欢这个主意，"我对你来说不会太重了吗？"

"咕——咕！别傻了，我已经背过那个男孩了。快点吧，不过，我们得先把灯熄灭。"

灯熄灭后，窗外的夜色便显得没有那么漆黑了，而是灰蒙蒙的。猫头鹰站在窗台上,背对着房间,张开了翅膀。吉尔费劲地爬上了他矮胖的身体,把腿伸到了翅膀下面,紧紧抱住了猫头鹰。他的羽毛又温暖又柔软,但是没有能够抓住的地方。"不知道斯克罗布飞得是不是愉快!"吉尔心想。就在这时,猫头鹰猛地一冲,离开了窗台。鸟的翅膀在吉尔的耳边忽扇着,夜晚凉爽潮湿的空气吹拂着她的面庞。

飞行的感觉比她想象中轻盈许多。虽然云彩遮住了天空,但是一块露出来的银色流光显示出,月亮就躲在

银椅子

云后面。看下去,地面是一片灰色,树林则是黑的。空中刮着不小的风,飕飕地迎面吹来,这说明要下雨了。

猫头鹰掉了个头,城堡现在就在他们前方,只有少数几扇窗户中亮着灯光。他们向北飞行,从城堡上空径直飞过,飞到了河的上方。空气变得更冷了,吉尔感觉,自己在河水中看到了猫头鹰白色的倒影。他们很快就飞过了河的北岸,来到了长满树木的乡间。

猫头鹰猛地咬住了一样吉尔看不见的东西。

"哦,请别这样!"吉尔说,"不要做这种突然的动作!你差点把我甩下去了。"

"抱歉。"猫头鹰回答,"我刚才抓了一只蝙蝠,没有什么能比一只胖乎乎的小蝙蝠更管饱了。要不要也给你抓一只?"

"谢谢,不用了。"吉尔打了个寒战说。

猫头鹰飞得低了些,一个大大的黑色物体离他们越来越近。吉尔看出那是一座塔楼。这座塔楼上面覆盖着常青藤,有一些部分已经损坏。下一秒,吉尔便马上弯腰,钻进了一扇拱形的窗户——猫头鹰带着她,冲过了网状的常青藤中间的缺口,从凉爽的黑夜进入了漆黑的塔顶内部。这里面的空气有股陈腐发霉的味道。当吉尔从猫头鹰背上落地时,她立刻凭直觉,感觉到这里面挤满了人。当她听到漆黑中各个角落都传来"咕——咕!"的声音时,她便反应过来,这里挤满了猫头鹰。这时响起了另一个声音,这让吉尔放松下来:

"是你吗,波尔?"

"是你吗,斯克罗布?"吉尔问道。

"好了。"格林费泽说,"我们都到齐了。猫头鹰议会可以开会了。"

"咕——咕,咕——咕。说得没错。是该这样做。"几个声音响起。

"等一下。"斯克罗布的声音说,"我想先说一件事。"

"说吧,说吧。"猫头鹰回答,吉尔也说:"快说吧。"

"我想在座的朋友们,也就是猫头鹰们,"斯克罗布说,"都知道,国王凯斯宾十世年轻的时候曾经航行到这个世界的最东边。其实,在那次航行中,我一直和他在一起,和我们在一起的还有鼠王雷普奇普、德里宁大

银椅子

人等等。我知道这听上去让人难以置信,但在我们的世界,人变老的速度和这里不一样。我想说的是,我是凯斯宾国王的人,如果这个猫头鹰议会是想秘密谋反,那我绝不会参与其中。"

"咕——咕,我们也都是国王的猫头鹰。"猫头鹰们回答。

"那我们开会,究竟要干什么?"斯克罗布问。

"是这样。"格林费泽说,"如果摄政大臣,也就是矮人特鲁普金,听说你们要去寻找走失的王子的话,一定会阻止你们。他会立刻把你们关押起来。"

"我的天啊!"斯克罗布感叹道,"你难道是说,特鲁普金是个叛国者?我以前在海上听过很多他的故事。凯斯宾,我是说国王,对他给予完全的信任。"

"不。"一个声音说,"特鲁普金不是叛国者。曾经有不止三十个勇士,陆陆续续去找过走失的王子,这里面有骑士、马人、巨人等等,但他们一个都没有回来。最终,国王说不能再让最勇敢的纳尼亚人都死于寻找自己儿子这件事上了。现在,已经不允许人们冒这个险了。"

"但是，如果国王看到我是谁，知道是谁派我来的，他一定会让我去的。"斯克罗布说。

（"是派我们来。"吉尔说。）

"没错。"格林费泽说，"我想他很可能会的。但是国王不在宫里，特鲁普金会按规定办事。他像钢铁一样正直不阿，但是非常聋，脾气又很暴躁。你没法让他明白，这次可能是例外。"

"一般人以为他对我们的意见会更在乎一些，因为我们是猫头鹰，人人都知道猫头鹰是很睿智的。"另一个声音说，"但是他太老了，他只会说：'你不过是个小毛孩。我还记得你是只蛋的时候呢。别来教育我，先生。快给我端来螃蟹和松饼！'"

这只猫头鹰很会模仿特鲁普金的声音，周围响起了一片猫头鹰的笑声。两个孩子看出，纳尼亚的居民对特鲁普金的感情，就像是学校里的学生们对脾气不太好的老师一样：大家都有点害怕，会在背地里开他玩笑，但没有人发自内心地不喜欢他。

"国王要离开这里多久？"斯克罗布问。

银椅子

"我们要是知道就好了！"格林费泽说，"要知道，最近有传言，说有人在内陆地区看到了阿斯兰本人——我记得是在特里宾西亚。国王说过，在他死之前，要努力再面见阿斯兰一次，向他询问该把王位传给谁。但我们都担心，如果他没有在特里宾西亚见到阿斯兰，就会继续向东走，到七座岛和孤独群岛，甚至更远的地方去。他从没公开过自己的计划，但我们都知道，他从没忘记过那场到世界尽头的旅程。我确定，在他内心深处，还是想再去那里一次的。"

"那等他回来是没希望的了？"吉尔问。

"没有，没有希望。"猫头鹰说，"唉，怎么办！如果你们认出他，立刻去跟他说话就好了！他会把一切安排好的——甚至可能派一支军队和你们一起去找王子。"

吉尔对此闭口不言，暗暗希望斯克罗布宽宏大度，不会说出他们没能这样做的原因。斯克罗布几乎做到了，他只是小声嘀咕了一句："反正这不是我的错。"然后，斯克罗布大声说：

"好吧。我们只能在没有这些安排的情况下做打算了。

但我还想知道一件事，如果按你们所说的，猫头鹰议会是公正而正直的，没有作恶的打算，为什么要把会议弄得这么隐蔽呢？在这么晚的时候，还在废墟里举行？"

"咕——咕！"几只猫头鹰叫道，"那我们该在哪儿见面？不在晚上开会，那在什么时候开会？"

"你知道，"格林费泽解释道，"纳尼亚的大多数生灵都有着不正常的习性。他们会在白天，在光天化日之下工作。哎哟！这本该是睡觉的时间。因此，到了晚上，他们的视线和思想都变得模糊，一句话都说不清楚。所以我们猫头鹰就习惯于在一天里头脑清楚的时间单独集会，讨论事情。"

"我懂了。"斯克罗布说，"那好，我们继续吧。和我们讲讲走失的王子。"于是，另一只老猫头鹰讲起了故事，格林费泽没有说话。

听说，大概十年前，凯斯宾的儿子瑞廉还是一个很年轻的骑士，在五月的一个早晨，他和他的母后一起，在纳尼亚的北部地区骑马。他们身边跟着很多贵族绅士和小姐，大家头上都戴着新鲜树叶编成的花环，身上背

银椅子

着号角。但是，他们没有带着自己的猎犬，因为他们是在踏春而不是打猎。天气变得暖和些后，他们来到了一处怡人的林间空地，有新鲜的泉水从地面中流出。他们在那里下了马，愉快地吃喝起来。过了一会儿，王后开始犯困，他们便解下各自的斗篷，铺在长满草的河岸边，好让她休息。瑞廉王子和其他人从王后身边离开，以免自己的欢声笑语打扰她。然而，一条巨大的毒蛇立刻从树丛中钻出，咬了一口王后的手。所有人都听到王后的尖叫，冲过去看她，瑞廉是第一个到她身边的。他看见那条蛇滑动着离开了，便拔出剑，跟在它后面。这条蛇体型很大，身体闪闪发亮，浑身都是剧毒的绿色，因此他可以把它看得很清楚，但蛇躲进了茂密的灌木丛中，他没法跟进去了。于是，他回到母后的身边，看到其他人在她周围忙作一团。

但他们的忙碌毫无意义，因为瑞廉只看了一眼，就知道世界上没有医生能治好自己的母亲。王后趁着自己还有一口气，很努力地试着想告诉瑞廉些什么。但是她说不清楚话，因此她并没有把想说的话说出来就去世了。

这时，距离他们听到她的喊叫还不到十分钟。

他们把王后抬回了凯尔帕拉维尔城堡，国王和瑞廉感到很悲痛，纳尼亚的其他臣民也一样。她是一位了不起的女士，智慧、优雅、快乐，凯斯宾国王是从世界的东边把自己这位新娘带回来的。人们说她的血管里流着星星的血液。王子很难接受母后的去世，这也是人之常情。这之后，他总是骑马前往纳尼亚的最北端，寻找那条毒蛇，想要杀死它报仇雪恨。没有人太在意这件事，尽管每次王子跋涉回家后都显得疲惫而烦躁。不过，在王后去世一个月后，有人说他们看出王子变了。他的眼神里显出一种神色，似乎他看到了某种启示。而且，虽然他一整天都在外面，他的马却完全没有长途奔跑过的迹象。在宫廷的长老中，他最好的朋友是德里宁大人，也是他父亲前往大陆东方那次航行时的船长。

一天晚上，德里宁对王子说："王子殿下必须立刻停止，不要再寻找那条蛇。对于没有智慧的畜生，你是没办法像对仇人那种复仇的。你是在徒劳地消耗力气。"王子回答道："大人，最近一周，我几乎已经忘了那条蛇

了。"德里宁询问道，那为什么他还是持续不断地骑马去北方的丛林。"大人，"王子说，"我在那里见到了世上最美丽的造物。""好王子，"德里宁说，"行行好，让我明天和你一起骑马过去吧，我也想看看这件漂亮的事物。""当然可以。"瑞廉回答。

第二天，他们早早地给马配好了鞍，一路奔驰着，进入了北方的丛林，在王后去世的那片泉水边，他们下了马。德里宁觉得奇怪，王子为什么偏偏挑选这个地方停留。他们在那里休息到正午，就在这时，德里宁一抬头，看到了他这辈子见过的最美丽的女士。她站在泉的北岸，一言不发，但是招手示意着王子，似乎想让他到自己身边来。她的身材高大而伟岸，闪闪发光，身上穿着薄薄的衣服，正是那种毒性的绿色。王子盯着她，完全失了神。突然，这位女士消失了，德里宁不知道她去了哪里。于是，他们两个回到了凯尔帕拉维尔。德里宁的脑中深深地认定，这位闪亮的绿色女士是邪恶的。

德里宁犹豫不决，不知道该不该把这次冒险讲述给国王，但他不愿意做一个嚼舌根的告密者，于是缄口不言。可事后，他觉得自己应该把事情讲出来，因为第二天，王子独自骑马出行后，晚上没有回来。从那一刻起，他就再也没有在纳尼亚王国或是周边的国家出现，而他的斗篷和马也都无处可寻。内心充满苦涩的德里宁找到凯斯宾国王，说："国王陛下，请立刻把我当成叛国者斩首吧。我的沉默害了你的儿子。"他告诉国王这个故事后，凯斯宾立刻抓起一把战斧，冲向德里宁大人，想要杀死他，而德里宁视死如归地一动不动。凯斯宾举起斧子后，突然又把它扔到一边，大声喊道："我已经失去了我的王后和王子，难道还要失去朋友吗？"他把头靠在德里宁大人的肩膀上，拥抱了他，两个人都泣不成声。他们的友谊没有破裂。

这就是瑞廉的故事。听完故事后，吉尔说："我打赌，那条蛇就是那个女人。"

"没错，没错，我们和你想的一样。"猫头鹰们说。

"但我们认为她没有杀死王子，"格林费泽说，"因为没有骨头——"

"我们知道，她没有杀死他。"斯克罗布说，"阿斯兰

告诉波尔，王子还在某处活着。"

"这可能更糟了。"最年长的猫头鹰说，"这说明王子对她有用，她一定在酝酿很大的阴谋，要谋反。很久很久以前，在一切的最初，有一个白女巫从北方来，把我们的土地用雪和冰封了一百年。我们想，她们可能是一伙人。"

"好吧，"斯克罗布说，"那我和波尔必须找到这位王子才行。你们能帮助我们吗？"

"你们两个有什么线索吗？"格林费泽问。

"有的。"斯克罗布说，"我们知道要往北方走，还知道我们需要抵达一座巨人城的废墟。"

听到这句话后，猫头鹰发出了比之前都要强烈的"咕——咕"声，还有脚跳来跳去的声音和羽毛的抖动声。他们都在解释，说自己很遗憾，不能和两个孩子一起去寻找走失的王子："你们肯定想要白天走路，但我们会想要晚上出行。"他们说，"这样不行，不行。"还有一两只猫头鹰补充说，现在，这个塔楼废墟已经不如刚开始开会的时候黑了，这个会已经开得太久了。事实上，

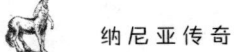

光是提到要前往巨人城的废墟，这些鸟儿的积极性已经被打消了。但是格林费泽说：

"如果他们想去那里，到埃丁斯漠的话，我们必须带他们去找一个沼泽人。只有这些人才能帮助他们。"

"没错，没错，就这样做。"猫头鹰们说。

"那么来吧，"格林费泽说，"我带一个。谁来带另一个？今天晚上必须完成这件事。"

"我可以带他们到沼泽人那里。"另一只猫头鹰说。

"你准备好了吗？"格林费泽问吉尔。

"我想，波尔睡着了。"斯克罗布说。

第 5 章　帕德尔格鲁姆

吉尔确实睡着了。自从猫头鹰议会开始后,她就一直拼命打哈欠,而现在,她已经入睡了。被叫醒后,她很不乐意。也很不高兴地发现,自己躺在地板上,身处满是灰尘的钟楼般的房间,四周一片黑暗,挤满了猫头鹰。更让她不悦的,是她听说又要骑在猫头鹰背上去别的地方——而且显然不是去休息。

"我说,波尔,打起些精神来吧!"斯克罗布的声音响起,"毕竟我们是要去冒险啊。"

"我已经厌倦冒险了。"吉尔生气地说。

尽管如此,吉尔还是听话地爬上了格林费泽的背。当猫头鹰载着她飞出窗外,进入夜空后,有那么一会儿,吉尔被意料之外的冷风吹得完全清醒了。月亮已经消失，也看不见星星。吉尔能看见在自己的身后，距离地面很高的地方有一扇单独亮着的窗户，那无疑是凯尔帕拉维尔城堡一座塔楼的房间。这让她想要回到那间舒适的房间里，窝在床上，看着墙上壁炉里的火光。吉尔把手伸进斗篷里，用它紧紧裹住自己的身体。她听到离自己不远的夜空中有两个声音在交谈，觉得颇为奇妙——是斯克罗布和他骑的那只猫头鹰在说话。"他听起来一点也不困。"吉尔心想。她没有意识到，他曾经在纳尼亚经历过伟大的冒险，这里的空气给他带来了力量，这力量正是他随凯斯宾国王航行到东海那次获得的。

吉尔掐自己的肉来保持清醒，她知道，如果自己在格林费泽的背上睡着了，可能会掉下去。两只猫头鹰结束了飞行，她身体僵硬地从格林费泽身上爬下来，发现自己站在一块平坦的地面上。冷冷的风吹着，他们所在的地方似乎没有树。"咕——咕！"格林费泽叫着，"醒醒，帕德尔格鲁姆，醒醒！有狮子派来的任务。"

好一会儿，没有任何的回答。接着，很远的地方亮

银椅子

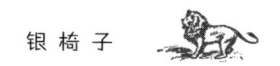

起了微弱的光,并且逐渐向他们靠近,一个声音说话了:

"啊嚏,是猫头鹰!怎么了?国王驾崩了吗?还是有敌人入侵了纳尼亚?还是洪水或者火龙?"

当这道光到达他们身边时,吉尔看到原来这是一盏提灯,但她看不清那个举着灯的人,他看上去似乎只长了胳膊和腿。猫头鹰在对他说话,解释事情的来龙去脉,但吉尔太累了,听不进去。当她意识到猫头鹰们在向她道别时,便努力使自己清醒一点。但事后,她对于这一

段的记忆完全没有留下来，只记得某个时刻，她和斯克罗布弯腰进入一个低矮的过道，而下一秒（感谢上天），他们就躺在了一片柔软而温暖的东西上，一个声音说：

"这下好了，这是能找到的最好的地方了。你们肯定觉得这里又冷又硬，还很潮湿，我毫不怀疑。大概一秒也睡不着吧，也许会有暴风雨或洪水，棚屋的屋顶也可能会塌下来，砸到我们身上。但凑合凑合吧——"他的话还没说完，吉尔就已经睡熟了。

第二天，两个孩子醒来得很晚，他们发现自己睡在一处阴影里的稻草上，稻草干燥而温暖。外面的阳光从一个三角形的窗口透进来。

"我们究竟是在哪啊？"吉尔问。

"是在沼泽人的棚屋里。"尤斯塔斯说。

"什么人？"

"沼泽人。别追问我那是什么，我昨晚没有看清他。我要起床了，我们一起去找他吧。"

"穿着日常的衣服睡觉，感觉简直像野蛮人。"吉尔说着，坐起身来。

银椅子

"我刚才还在想，人要是不用穿衣服多好。"尤斯塔斯说。

"我猜，不用洗澡也挺好。"吉尔不屑地说。但斯克罗布已经站了起来，打了个哈欠，抖擞一下精神，爬出了棚屋。吉尔跟在他后面。

在外面，他们看到的景象和前一天在纳尼亚见到的大相径庭。他们站在一大片平原上，陆地被数不清的河流分割，形成了数不清的小岛。这些小岛上覆盖着粗乱的草，岛边上长着芦苇和灌木。有的地方长着绵延不断的灯芯草，足有十英亩大小。云朵般成群的鸟儿落在里面又飞起来：有鸭子、鹬、麻鸦和苍鹭。他们昨晚过夜的那种棚屋有很多，零零星星地散落着，但彼此之间都隔着相当远的距离，这是因为沼泽人都很重视自己的隐私。除了西南边几英里外的森林，目力所及没有其他的树木。平坦的沼泽地一路向东延伸，连接到地平线上低矮的沙丘。那边吹来的风带着咸味，可以判断出，更远处是大海。往北边看，是矮矮的浅色山丘，间或有岩石搭起来的堡垒。其余地方都是平坦的沼泽。如果在下雨的夜晚，这里肯定会让人很难受，但在白天的阳光下，伴随着清新的风和四周的鸟鸣声，这片荒凉之地显得可爱而清新。两个孩子感觉自己的精神振奋了起来。

"不知道那个泥巴怪去哪里了？"吉尔说。

"是沼泽人。"斯克罗布说，因为知道这个词，他显得很自豪，"我猜——哦，看哪，那准是他。"两个人都看见了，他正背对他们坐着钓鱼，就在五十码远的地方。一开始很难发现他，一是因为他和周围的沼泽几乎是一样的颜色，二是因为他坐着一动不动。

"我想，我们最好过去和他说话。"吉尔提议。斯克罗布点了点头，他们两个都有些紧张。

听到他们靠近，这个身影回过头来，露出一张长长的脸和凹陷的双颊，一张紧闭的嘴，一个尖尖的鼻子，脸上没有胡子。他戴着一顶高高的帽子，像尖塔一样尖，帽檐巨大而平坦。他的头发，如果那能叫头发的话，披在他大大的耳朵上，是灰绿色的；每束头发不是一股，而是一片，在一起就像细细的芦苇。他的表情严肃，肤色暗淡，从这可以看出，他对生活保持非常严肃的态度。

银椅子

"早上好，客人们。"他说，"虽然说早上好，但我不敢保证，今天不会下雨、下雪、起雾或打雷。我敢说，你们一点也没睡着。"

"不，我们其实睡着了。"吉尔回答，"而且睡得很香。"

"唉。"沼泽人说着，摇了摇头，"我明白了，你们是在苦中作乐。也很好，这说明你们从小受到了很好的教育。你们懂得看事物好的一面。"

"对不起，我们还不知道你的名字。"斯克罗布说。

"我叫帕德尔格鲁姆，你们记不住也没关系，我不介意再告诉你们几次。"

两个孩子坐到了沼泽人的两边。这时，他们看到，他的胳膊和腿非常长，因此虽然他的身子短小得像矮人一样，站起来以后，却比绝大多数人都要高。他的手指间长着青蛙一样的蹼，他那正在泥泞的水中晃荡的脚也是一样。他穿着泥土颜色的衣服，衣服松松垮垮地盖在身上。

"我在试着抓鳝鱼，打算晚上做炖鳝鱼吃。"帕德尔格鲁姆说，"不过，如果一条都抓不住，我也不意外。

即使抓住了,你们应该也不爱吃。"

"为什么呢?"斯克罗布问。

"这很明显,你们当然不会喜欢我们的食物,虽然我毫不怀疑,你们会硬着头皮吃下去的。不管怎么样,我抓鱼的时候,你们不妨试着生火,试试总没坏处。木头就在棚屋后面,不过可能受潮了。你们可以在棚屋里生火,那样我们的眼睛就会被烟熏得够呛;你们也可以在外面生火,那样雨水就会把它浇灭。这是我的打火匣,我想你们不会用吧?"

但是斯克罗布在上一次冒险时,就已经学会了这些技能。两个孩子一起跑回棚屋,找到木头(木头干燥完好),没费很大工夫,就点着了火。然后,斯克罗布坐下来照看火堆,吉尔去附近的小河里洗了个澡——虽然条件很不怎么样。接下来换成吉尔照看火堆,斯克罗布去洗澡。两个人都感觉干净多了,但是很饿。

这时,沼泽人加入他们。尽管他预计一条鳝鱼也抓不到,但实际上,他抓到了十几条。他已经把这些鱼去皮并处理干净了。他支起一口大锅,调整一下火堆,点

银椅子

燃了自己的烟斗。沼泽人抽的是一种味道很重的奇特烟草（有的人说他们在里面加了泥巴），孩子们注意到，帕德尔格鲁姆烟斗里冒出的烟几乎不会向上升，而是细细地从烟斗涌出，然后向下飘去，像雾一样覆盖在大地上。烟雾黑漆漆的，呛得斯克罗布直咳嗽。

"听我说，"帕德尔格鲁姆说，"这些鳝鱼煮起来久得要命，有可能还没等做好，你们就饿昏了。我认识一个小女孩——不过我最好不要讲这个故事，会打击你们的士气的，我可不愿意这样做。所以，为了让你们不要一心想着饿的事情，不如谈谈我们的计划吧。"

"太好了。"吉尔说，"你能帮我们找到瑞廉王子吗？"

沼泽人嘬起了脸颊，其凹陷的程度简直让人难以想象。"嗯，我不知道算不算能帮上忙。"他说，"我觉得没人能真的帮助你们。按道理讲，我们是很难深入到北方去的，尤其是每年的这个时节，毕竟冬天就要来了。而且今天的冬天来得特别早，从周围的景象就能看出来。但你们大可不必因此灰心，毕竟我们很有可能会遇到敌人，翻山越岭，跨过河流，迷失方向，没有食物，走得脚生疼，那时候我们就注意不到天气了。如果我们走得没那么远，完成不了任务，至少也会走到很难回来的距离。"

两个孩子都注意到，他说的是"我们"而不是"你们"，于是他们同时大叫起来："你会和我们一起去吗？"

"哦，没错，我当然会去。我还是去比较好，你知道。国王现在去了海外，我猜，我们见不到他返回纳尼亚的那一天了，毕竟他走的时候，已经咳嗽得很厉害了。还有特鲁普金，他也衰老得很快。今年夏天旱得要命，到了秋天，收成一定很差。如果有敌人来进攻，我一点儿也不会意外。记住我的话。"

"那我们上路吧？"斯克罗布说。

"嗯……"沼泽人很慢地说，"之前，所有人前去寻找瑞廉王子时，都是从德里宁大人见到那位女士的那片泉水边出发的，他们大多数都是向北走，由于没有人回来过，很难说他们的旅程是否顺利。"

"我们必须先找到巨人城的废墟。"吉尔说，"这是阿斯兰告诉我的。"

"一开始就要先找到，是吗？"帕德尔格鲁姆问道，

银椅子

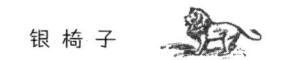

"不能从试着寻找开始?"

"当然,我的意思是说先试着找,"吉尔说,"然后等我们找到之后——"

"是啊,如果能找到!"帕德尔格鲁姆干巴巴地说。

"没有一个人知道它在哪儿吗?"斯克罗布问。

"我并不认识这样的人。"帕德尔格鲁姆说,"我不否认,我听说过这个城市废墟。这样的话,就不用从泉水边出发了。得先穿过埃丁斯漠才行。如果真有这个地方,它就在那里。但我之前在那个方向上已经走得够远了,仍然没见到过什么城市的废墟,这我不会骗你们。"

"埃丁斯漠在哪里?"斯克罗布问。

"往那边看,在北边。"帕德尔格鲁姆用烟斗指着,说,"看见那些山丘和露出的一点峭壁了吗?那就是埃丁斯漠的起点。但我们到那里之前,还得过一条河,叫史瑞波河。当然了,没有桥可以过去。"

"不过我想,我们可以蹚过去。"斯克罗布说。

"嗯,确实有人蹚着走过。"沼泽人承认。

"也许在埃丁斯漠,我们能遇到人,可以告诉我们该怎么走。"吉尔说。

"你说的对，确实会遇到人。"帕德尔格鲁姆说。

"那里住着些什么样的人呀？"吉尔继续问。

"我没有权利去评判他们的生活方式。"帕德尔格鲁姆说，"万一你们觉得他们还不错呢？"

"好，可是他们是什么人呢？"吉尔追问，"这个国家有好多奇怪的生物。我是说，他们是动物，是鸟，是矮人，还是别的什么？"

沼泽人吹了一声长长的口哨。"呼！"他说，"你不知道吗？我以为猫头鹰已经告诉过你了。他们是巨人。"

吉尔显出为难的神情。她一向不喜欢巨人，哪怕在书里，她还曾经做噩梦，梦到过巨人。她看到斯克罗布的脸整个都绿了，心想："我猜，他比我还要害怕。"这让她感觉有了些勇气了。

"国王很久以前和我说过，"斯克罗布说，"就是我和他航海的那一次——他曾经在战争中狠狠打败过那些巨人，还命令他们向他进贡。"

"确实如此。"帕德尔格鲁姆说，"他们现在和我们

相安无事。只要我们待在史瑞波河的这一边，他们就不会伤害我们。不过，要是去了他们那边，到了荒野上的话——不过，还是有机会的，如果我们不接近他们，如果他们没有忘了规矩，如果我们不被发现，我们也不是不可能走得远些。"

"听我说！"斯克罗布说着，突然情绪失控了，人在害怕的时候，很容易这样，"我敢说，这一切绝对没有你说的一半可怕，就好像棚屋里的床没你说的那么硬，柴火也没你说的那么潮。如果成功概率真的这么低，我相信阿斯兰绝不会派我们去那里的。"

他已经做好准备，承受沼泽人冲自己发火，但沼泽人只说道："这个劲头很好，斯克罗布，你这么说是对的。应该乐观些。但我们必须要控制住自己的脾气，因为我们将要一起渡过很多的困境。吵架是没有好处的，你知道。无论如何，我们也不能这么早就吵起来。我知道，这样的远征往往会这样结束：在任务结束前，同伴们就开始彼此杀害，我毫不怀疑。但如果我们能多坚持一会儿——"

"那么，如果你觉得这件事这么希望渺茫，"斯克罗布打断他,"我觉得你还是留下来吧。我和波尔可以自己去,波尔,你说是吗?"

"快闭嘴吧,别犯浑了,斯克罗布。"吉尔急忙说,十分担心沼泽人把他的话当真。

"波尔,你不要灰心。"帕德尔格鲁姆说,"我会去的,毫无疑问。我不会错过这样一次机会的。这对我有好处。他们——我是指其他的沼泽人——都说我太心浮气躁了,对待生命不够严肃。如果我听到他们说一次这样的话,那么他们肯定会至少说过一千回了。他们说:'帕德尔格鲁姆,你太自大、太积极、太乐观了。你得明白,生活里可不是只有油焖青蛙和鳝鱼馅饼。需要经历些事情,才能让你看清现实。我们这么说都是为了你好,帕德尔格鲁姆。'这就是他们的意见。现在这样一个任务——在冬天刚开始的时候就往北边跋涉,寻找可能不在那里的王子,还要途经一个没人见过的城市废墟——正好是我需要的。如果这还不能让一个年轻人变得沉稳,我就不知道还有什么办法了。"他一边说话,一边揉搓着两只青蛙脚一样的大手,好像他在谈论参加派对或者去

看哑剧表演一样，"现在，"他补充道，"我们还是看看那几只鳝鱼做得怎么样了。"

鱼肉端来后，两个孩子发现很好吃，每人吃了两大盘。一开始，沼泽人不相信他们真的喜欢这食物，当他发现孩子们吃得那么多，不得不承认他们确实喜欢时，便换了说法，声称这种食物对他们而言可能难以消化。"我们沼泽人吃的食物对人类可能是有毒的，我毫不怀疑。"他说。饭后，他们用锡罐喝茶，就像路边的工人们喝茶那样。帕德尔格鲁姆又拿着一个黑色的方形瓶子，呷了好几口里面装的东西。他请两个孩子尝尝，但他们觉得这东西很难喝。

这天余下的时间里，他们都在为第二天一早出发做准备。帕德尔格鲁姆的体格比孩子们大得多，他提出要携带三条毯子，里面再裹上一大片卷起来的熏咸肉。吉尔提出要带上剩下的鳝鱼、一些饼干，还有打火匣。斯克罗布则要在他们不穿斗篷的时候，拿着他自己和吉尔的斗篷，而且（因为他和凯斯宾航海去东方时，学会了射击）他还拿上了帕德尔格鲁姆第二好的一把弓箭。帕德尔格鲁姆自己拿着最好的那一把。不过他说，如果起风了、弓弦受潮、光线不好或者手指冻僵的话，他们两个想要射中任何东西的概率都微乎其微。他和斯克罗布还都拿着剑。斯克罗布的剑是凯尔帕拉维尔城堡房间里为他放置的那一把，而吉尔只有自己的小刀。本来吉尔和斯克罗布要为此吵上一架的，然而，他们刚开始争论，沼泽人便搓着手说："啊，果然和我想的一样。冒险的旅途上常常会发生这种事。"这让两个孩子都闭上了嘴。

三个人都早早回棚屋里睡觉了。这一次，两个孩子睡得很不好，这是因为帕德尔格鲁姆先说了句："你们两个最好试着睡上一会儿，虽然我觉得咱们三个今晚都合不上眼。"结果说完后，他便打起了非常响亮和持续的呼噜。当吉尔终于入睡时，她整晚梦到的都是马路钻机、瀑布和坐火车过隧道。

第6章 北部的荒原

第二天早上,九点左右,也许有人曾看见三个孤独的人影,在史瑞波河上寻找着浅滩和垫脚石,谨慎地前行着。其实,这不过是条欢腾的浅溪。他们抵达河的北岸时,就连吉尔也只是沾湿了小腿。在前面五十码远的地方,陆地逐渐升高,连接到荒原的边上,路上到处都很陡峭,还有不少大块的岩石。

"我猜,那边就是我们要走的路!"斯克罗布说着,向左指了指,那是西边的方向。那里有一条小溪从荒原发端,沿着浅浅的河道流出来。但是,沼泽人摇了摇头。

"巨人们基本住在河道边上。"他说,"可以说,这条河道对他们来说就像马路一样。我们笔直往前走会更好,虽然道路有点陡。"

他们找到了一个可以往上爬的地方，用了十分钟，气喘吁吁地爬到了顶端。他们充满留恋地回头，看了一眼纳尼亚的山谷，便转头向北了。在视线范围内，荒原一望无际地向前方高处延伸。他们左侧的地面有更多岩石，更不平坦的岩石。吉尔心想，那一定是巨人河道的边缘，于是不太愿意往那边看。他们继续往前走。

他们脚下的地面很结实，适合行走，四周景物映照在淡淡的冬日阳光中。随着他们深入荒原，那种荒凉之感增加了：只能听到田凫的鸣叫，或偶尔看到一只鹰。上午过了一半，他们在一条小溪边上的山谷停下来休息，喝了些水，这时，吉尔开始觉得自己可能还是喜欢冒险的，并表达了这个想法。

"我们还没开始冒险呢。"沼泽人答道。

休息后再出发的感觉和刚刚出发时截然不同，这就像是休息后再上课或者换乘火车后的第二段行程一样。他们继续行走时，吉尔注意到，陡峭的河道边缘变得越来越近，而岩石也不再平坦，而是竖直向上。事实上，

银椅子

那些岩石看上去简直像石头搭建的塔楼。它们的样子多奇怪呀！

"我敢说，"吉尔心想，"所有关于巨人的传说都是因为这些怪模怪样的岩石才出现的。如果在天色变暗的时候经过，很容易把这些石堆认成是巨人。看那边的石头吧，你完全可以把顶上凸起的石头想象成是巨人的头。虽然这个头对于下面的身体来说太大了，但如果是丑陋的巨人倒也说得通。石头上那些毛茸茸的东西应该是石楠和鸟窝，但也很像是头发和胡子。两边支出来的部分很像是耳朵，虽说它们大得可怕，但我想巨人的耳朵应当是很大的，就像大象一样。还有——哦！"

她全身的血液都凝固了。那东西动了。那真的是巨人。这是毫无疑问的，因为当巨人转过头来时，她看到了那张巨大、愚蠢而肿胀的脸。这些全部都不是岩石，而是巨人。一共有四五十个巨人，排成了一排；显然，他们是脚踩在河道里，手肘抵着河道边站着的，就像人靠着矮墙站立一样，有些人在早餐后的晴朗上午犯懒时，就是这个样子。

"继续向前走,"帕德尔格鲁姆说,他也注意到了巨人们,"不要看他们,而且千万不要跑。如果跑的话,他们立刻就会追过来。"

于是,他们脚步不停,假装没有看到旁边的巨人,这就像是要走过一扇旁边有恶犬的门,只不过要可怕得多。这些巨人十几个十几个地出现——他们看上去并不愤怒,但也不友善。事实上,他们似乎无动于衷,好像完全没有看到这几位旅行者。

然后,传来一阵呼啸的声音——有重物正从空中掠

过。随着砰的一声,一块巨石落在了他们面前大概二十步远的地方。随后,又是咚的一声,另一块巨石落在了他们身后二十步的地方。

"他们是要砸我们吗?"斯克罗布问。

"不是。"帕德尔格鲁姆回答,"如果他们冲我们来,可能我们还要安全些。他们是想砸中右边那个堆石界标,但他们肯定砸不中的,你知道。那个界标很安全,巨人是非常糟糕的投掷手。他们总爱在晴天的早上玩投掷的游戏,以他们的智力,这可能是他们唯一能理解的游戏了。"

这是个无比恐怖的时刻。成排的巨人似乎多得望不到尽头,而他们扔石头的动作也一刻不停。有些石头落地的位置离他们三个已经非常近了。就算不考虑实际存在的危险,光是看到巨人的脸,听到他们的声音,就已经能吓坏任何人了。吉尔努力不去看他们。

大约二十五分钟后,这些巨人似乎吵了起来,这让他们的投掷游戏终止了,但身处长达一英里、正在吵架的巨人队伍中也并不令人愉快。他们用别人听不懂的词语彼此咒骂或讥笑着,这些词每个都有二十个音节那么长。巨人们唾沫纷飞，胡言乱语，愤怒得直跳脚。他们每跳一下，都像有炸弹在地上爆开。他们用制作粗糙的巨大石锤攻击彼此的脑袋，但他们的头骨太硬了，石锤只是从上面弹开，而攻击的巨人手被震得生疼，反而扔下锤子，痛苦地叫起来。但巨人太蠢了，过不了一分钟，他们就会重复上面的全部动作。长远来看，这是件好事，因为一小时后，所有的巨人都受伤了，全都坐在地上哭起来。当巨人坐下时，他们的脑袋便低于河道，因此也就看不见他们了。不过，即使从那里走出一英里后，吉尔还是可以听见巨人们的嚎叫、哭泣和胡言乱语，就像是一群巨大的婴儿。

　　那天晚上，他们在荒原的野地上露天休息了一夜。帕德尔格鲁姆教两个孩子如何充分利用毯子取暖：他们要背靠背睡觉（这样一来，不仅可以借彼此的后背取暖，还可以把两条毯子都盖在身上）。即使这样，他们还是感到冷飕飕的，而且地面又硬又不平整。沼泽人安慰他们说，往北走会更冷，这样一想，就会觉得现在够舒服的了。这话一点儿也不让两个孩子高兴。

银椅子

他们花了很多天才穿过埃丁斯漠，熏咸肉省了下来没有吃，他们主要靠尤斯塔斯和沼泽人打下的苏格兰雷鸟充饥（当然了，这些不是会说话的鸟）。吉尔很嫉妒尤斯塔斯可以射箭打猎，这项技能是他与凯斯宾国王航海那次学会的。荒原上有数不清的小溪，因此他们从来不缺水喝。吉尔心想，书里面写到人们打猎获得食物，却从来不会讲处理和清洗死掉的鸟是一个多么漫长、难闻、棘手的工作，也不会提到这会让手冻得冰凉。但幸运的是，他们几乎没有遇到任何巨人。有一个巨人看到了他们，但他只是吼叫着大笑，然后就跺着脚走开，做自己的事去了。

大约第十天，他们到了国家的边境线。这是荒原的最北边，向下望去，是一条长长的山坡，通向一片更为阴森的陌生陆地。山坡的底部是一片峭壁，前方更远处则是另一个国家，那里满是险峻的山峰，多石的溪谷，又窄又深、一眼望不到底的峡谷。那里的河流从河道中呼啸而过，然后落入黑暗的深渊。不用说，又是帕德尔格鲁姆指出，更远处的山坡上覆盖着雪。

"山的北边雪一定更多,我毫不怀疑。"他补充道。

他们花了些时间才走到山坡的底部,在那里,他们站在峭壁顶部向下望去,看着下面一条小河从西向东流淌。这条河夹在他们脚下的峭壁和对面的峭壁之间,河水幽绿阴暗,到处是急流和瀑布。呼啸的河水摇动着地面,就连他们站的地方都能感觉到震动。

"往好的一面看,"帕德尔格鲁姆说,"如果我们爬峭壁的途中摔断了脖子,就能避免接下来溺水的痛苦了。"

"那里怎么样?"斯克罗布突然说,指向了左边河上游的方向。他们都看过去,看到了完全出乎意料的东西——一座桥!这座桥颇为宏伟,是巨大的单拱桥,从这边的峭壁横跨河道,通向对面的峭壁,桥的拱顶距离峭壁有圣保罗教堂的穹顶距离地面那么高。

"天啊,这一定是巨人走的桥!"吉尔说。

"更像是巫师的桥。"帕德尔格鲁姆说,"在这样的地方,我们一定要留心魔法。我想这是个陷阱。我猜等我们走到一半,这座桥就会化为乌有。"

"哦,看在老天的分上,别这么扫兴。"斯克罗布说,

银椅子

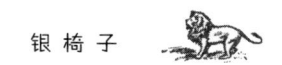

"这怎么就不能是一座普通的桥呢?"

"我们见过那些巨人,你们觉得他们有智力建造这样的桥吗?"帕德尔格鲁姆说。

"但这可能是其他的巨人建造的,不是吗?"吉尔说,"我是说,几百年前的巨人们也许比现在的巨人要聪明得多。也许建造这座桥的人,也正好建造了我们寻找的巨人城呢。这样的话就说明我们走对了路——这就是通往古城的古桥!"

"真是智慧的推测,波尔。"斯克罗布说,"一定就是这样。我们过去吧。"

于是,他们转向左边,走向拱桥。他们走到桥边时,发现它无疑是很结实的。用来造桥的每个石块都和巨石阵[①]的石头一样大,而且一定是由很优秀的石匠打磨成方形的,不过现在这些石头已经有裂缝和破损了。桥的扶栏表面显然曾刻满图案,现在还看得见一些痕迹,不过已经磨损,刻的是巨人的脸和身体,还有牛头人、乌

[①] 欧洲著名的史前文化神庙遗址,位于英国伦敦西南一百多千米的威尔特郡索尔兹伯里平原,约建于公元前2300年。

贼、蜈蚣和令人畏惧的神像。帕德尔格鲁姆仍然心存怀疑，但他同意和孩子们一起过桥。

爬上桥拱顶的路又长又难走。很多地方的巨石都已经掉落，留下可怕的空洞，顺着看过去，可以看见下面离桥几千英尺远的地方就是白浪滔滔的河流。他们看见一只鹰从脚下飞过。走得越高，他们就感觉越冷，风吹得他们几乎要站不住脚了。桥似乎也在摇晃。

当他们来到桥顶，能够俯瞰桥的另一边时，他们看见了一条路，很像是古代巨人道路的遗迹，这路向前延伸，直到群山的中间。铺路的石头有很多已经不见了，这些缝隙中长出了大片的草。有两个人正沿着这条古路，骑着马向他们走来，这两个人看起来有成年人类一般身材。

"我们继续走，迎一迎他们。"帕德尔格鲁姆说，"在这样的地方遇到，应该不会是敌人，但我们一定不能让他们以为我们害怕了。"

他们下了桥，走到草地上，这时，两个陌生人已经离他们很近了。其中一个是骑士，穿着全副的铠甲，脸也被面甲挡住了。他的铠甲和马都是黑色的，盾上没有

银椅子

装饰纹样,矛上也没有小旗。另一位是骑着白马的女士,她的马十分可爱,让人看到后会想亲吻它的鼻子,给它很多的糖吃;而这位女士本人更为可爱,她侧坐在马鞍上,穿着修长飘逸的亮绿色连衣裙。

"早安,旅行者们。"她高声说道,声音甜得就像最美妙的鸟鸣,她口中"旅行者们"①这个词的"L"打着颤音,"要穿过这片环境艰苦的荒野,你们中有些人太年轻了。"

"也许吧,女士。"帕德尔格鲁姆充满戒备,僵硬地说。

"我们在寻找巨人城的废墟。"吉尔说。

"巨人城的废墟?"女士答道,"找这样的地方可够奇怪的,你们找到后要做什么?"

"我们需要——"吉尔刚开口,就被帕德尔格鲁姆打断了。

"不好意思,女士,但我们不认识你和你的朋友——他可真沉默,是吧? 而且你也不认识我们。如果你不介

---

① "旅行者们"的英文为"travellers"。

意的话，我们还是不愿意这么快和陌生人透露我们的计划。你觉得，是不是快要下小雨了？"

女士笑了，发出了你能想到的最动听、最富音乐性的笑声。"啊，孩子们。"她说，"你们有一位非常睿智且稳重的老向导。他如此讳莫如深，但我并不介意，可我同样不介意说出我自己的故事。我一直听人说起那座废弃的巨人城，但没有人告诉我通往那里的道路。现在的这条路通往哈尔方国的城堡。那里居住着友好的巨人。埃丁斯漠的巨人有多愚蠢、凶狠、野蛮、兽性，那里的巨人就有多温和、文明、谨慎和礼貌。在哈尔方，你不一定打听得到废弃城的消息，但你无疑能找到舒适的住处和友善的房主。你们明智的选择是在那里过冬，或至少逗留几天，放松休整一下。那里有蒸汽浴、柔软的床、明亮的火炉，餐桌上会每天提供四次烤肉、面包、糖果和酒。"

"哎呀！"斯克罗布惊呼，"这听着还不错！如果还能在床上睡觉，那可太好了。"

"对呀，而且还能洗热水澡。"吉尔说，"你觉得他们

会让我们住下吗？要知道，我们不认识他们呀。"

"只要告诉他们，"女士答道，"穿绿色长袍的女士请你们转达她的致意，并且派两个可爱的南方孩子加入秋日大餐就可以了。"

"哦，谢谢，真是太感谢了。"吉尔和斯克罗布一起说。

"但是要注意，"女士补充道，"无论你们什么时候到达哈尔方，都不要晚上去敲城门。因为在中午之后的几个小时，他们就将城门关闭了，城堡的规矩是，只要闩上门，不管是谁来，不管敲门多用力都不会开的。"

孩子们又谢了她一次，眼里闪烁着光芒，女士朝他们挥了挥手。沼泽人脱下了尖顶帽，生硬地鞠了一躬。随后，沉默的骑士和这位女士骑着马走上了桥，马蹄发出响亮的嗒嗒声。

"哼！"帕德尔格鲁姆说，"要是能搞清楚她到底是从哪儿来的，又要到哪儿去，花多大代价我都愿意。她不像是在巨人的陆地上会见到的人，不是吗？我敢确定，她没打好主意。"

"胡说！"斯克罗布说，"我觉得她好得不得了。想想，能吃上热菜，住上温暖的屋子，那该多好。我真希望哈尔方离得不远。"

"我也觉得。"吉尔说，"她的裙子不是美极了吗？还有那匹马！"

"虽说如此，"帕德尔格鲁姆说，"我还是希望能多了解她一点。"

"我本来要问清楚她的个人情况的。"吉尔说，"但是你一点也不肯透露我们的情况，我怎么问呢？"

"就是。"斯克罗布说，"你为什么表现得这么生硬而不悦呢？你不喜欢他们吗？"

"他们？"沼泽人问，"他们是谁？我只看见一个人。"

"你没有看见那位骑士吗？"吉尔问。

"我只看到一副盔甲。"帕德尔格鲁姆说，"他为什么不开口说话呢？"

"我猜，他很害羞。"吉尔说，"或者他只想看着那位女士，听她悦耳的声音。如果我是他，一定会这么想。"

"我在想，"帕德尔格鲁姆答道，"如果把他头盔上的

面甲掀开,往里面看,不知会看到什么。"

"别瞎想了。"斯克罗布说,"想想那盔甲的形状!里面除了是一个成年男子外,还会是别的什么?"

"如果是一具骷髅呢?"沼泽人带着吓人的愉快语气问,"又或者,"他想了想补充道,"什么也没有。我是说,没有能看得见的东西。是一个隐形的人。"

"说真的,帕德尔格鲁姆。"吉尔打了个寒战说,"你的想法都恐怖得要命。你是哪里来的这些怪念头的?"

"哦,管他有什么念头呢!"斯克罗布说,"他永远做最坏的打算,而且永远是错的。想想那些友好的巨人,我们尽快到哈尔方去吧!我要是知道那里有多远就好了。"

就在这一刻,他们之间几乎发生了帕德尔格鲁姆所预言的争吵:虽然吉尔和斯克罗布之前就不时彼此争论和发火,但这是第一次,严重的分歧出现了。帕德尔格鲁姆一点儿也不愿意去哈尔方。他说他不确定巨人心目中的"友好"到底是什么概念,再说,阿斯兰的指示中一点儿也没提到要和巨人待在一起,不管他们是不是友好。但两个孩子吹风淋雨、吃火堆上烤的鸟、睡在冰凉坚硬的地上，已经受够了，铁了心要去拜访友好的巨人。最终，帕德尔格鲁姆同意这样做了，但有一个条件：没有他的允许，另外两个人绝对不能告诉友好的巨人他们是从纳尼亚来的，是来寻找瑞廉王子的。两个孩子做了保证，于是他们继续向前走。

和那位女士谈过话后，有两个情况变得更糟了。第一，这个国家的环境变得更恶劣了。一路上都是无尽的狭窄山谷，而且，北风不停地吹在他们脸上。没有木头可以用来生火，也没有环境适宜的山洞可以让他们露营，在之前的荒原上起码还能找到这些。地面上都是石头，白天硌得人双脚生疼，晚上则硌得人全身生疼。

第二，无论那位女士告诉他们哈尔方的本意如何，结果是，她的话在俩孩子身上产生了不好的影响。他们满脑子只有床、浴室、热菜和舒适的室内环境。他们现在已经完全不提阿斯兰或是走失的王子了。吉尔也丢掉了每天早晚对自己背诵指示的习惯。一开始，她还对自己说，是因为太累了，但后来她已经完全把这件事抛到了脑后。可以在哈尔方好好享受这一念头没有像预期那

银椅子

样,让他们心情好些,反而令他们对目前情况更加不满,对彼此和帕德尔格鲁姆则更不耐烦,更容易发火了。

最终,在一天下午,他们走到了一个地方,河道逐渐变宽,两边耸立着冷杉树。他们向前看,发现自己已经走出了山地。他们面前是一片荒无人烟的岩石平原,远方是覆盖着冰雪的群山。而在他们和远方的群山之间,有一座矮矮的山丘,山顶有块不太规则的平地。

"看啊,看啊!"吉尔喊道,指向平原的远方;在那个方向,透过苍茫的暮色,大家看到山的后面有灯光透过来。是灯光! 不是月色,不是火光,而是从窗户射出的温馨的室内灯光。如果你没有日日夜夜在荒野待过几周,你几乎无法想象他们这时的感受。

"哈尔方!"斯克罗布和吉尔兴奋地呼喊。帕德尔格鲁姆则以低沉阴郁的声音重复道:"哈尔方。"不过他立刻补充道,"哇! 大雁!"然后,立刻拿起了肩上的弓箭。他射下了一只肥硕的大雁。今天已经太晚了,不可能到达哈尔方。他们生了火,吃了一顿热乎饭,觉得比之前一周多的晚上都温暖得多。火熄灭以后,夜晚再次

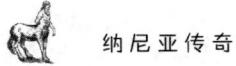

变得寒气逼人。他们第二天醒来后，发现毯子已经结冰，变得坚硬。

"没关系！"吉尔一边说，一边跺着脚，"今晚就能洗热水澡了！"

第7章 山中的奇异壕沟

无可否认,这一天,他们被折磨得够呛。天上没有一丝阳光,太阳被厚重的乌云遮蔽,感觉随时会下雪。他们脚下踩着厚厚的冰霜,而冰霜上面吹过的风像能把人的皮肤撕下来一般。他们走进平原,发现这里的古路损坏得比之前任何地方都要厉害。他们不得不爬过巨大的石块,从巨型卵石的缝中挤过去,并走过满是碎石的路面。他们的脚已经生疼,这样路就更难走了。然而,无论他们多累,但因为天气冷,他们都一刻不敢停下来休息。

大约十点,微小的雪花飘飘摇摇地落下来,停在吉尔的胳膊上。十分钟后,雪已经下得不小了;二十分钟后，地面明显铺上了一层白色；半小时以后，已经变成了一场真正的暴风雪，并且看起来会持续一整天。风雪直吹到他们脸上，他们几乎看不清任何东西。

为了理解下面的故事，你一定要时刻记住，他们的视力多么有限：当他们走到那座将他们与透出灯光的窗户隔开的小山附近时，他们无法看清山的轮廓，只能看见前面几步路之外的地方，并且还要使劲眯起眼睛看才可以。当然，他们没有和彼此交谈。

他们来到小山脚下后，瞥见两边像是石头一样的东西——如果仔细看，会发现这些石头接近方形，但他们没有仔细看。所有人都被山上的一道平台吸引了注意力。想要继续走，必须登上这个平台，然而它有四英尺高。沼泽人的腿很长，因此很轻松就跳了上去，然后，他帮助两个孩子登上平台。虽然这对沼泽人是小菜一碟，但孩子们的身上弄得又湿又脏，因为平台上已经积了厚厚的一层雪。之后，他们沿着非常崎岖的路面向上爬了艰难的一段路——吉尔一度摔倒了——大约爬了一百码后，他们来到了第二道平台。山上一共有四个平台，但

银椅子

之间的间隔并不平均。

当他们费力地爬上第四道平台时,他们发现自己毫无疑问,已经到达了小山的平顶。在这之前,他们一直将山坡作为遮挡物,但在这里,他们完全暴露在怒吼的狂风中。说来奇怪,这座小山的山顶确实很平,就和从远处看上去的一样:这是一处平坦的地面,暴风雪畅通无阻地席卷而过。这里大多数地方的雪不是躺在地面上,而是被风从地面卷起,在空中形成一大片或一大团,向他们的脸上扑来。在他们的脚边,雪花形成的小漩涡四处打转,就像冰面上有时能见到的那样。事实上,这片平地的很多部分确实像冰面一样滑。更糟糕的是,地面上还有着横贯或交叉的沟渠和堤坝，这些奇异的沟壑把平地分成了一个个正方形或长方形。想走过每一处沟壑都要上下爬一次——这些沟的深度从两英尺到五英尺不等，宽度也有两三码左右。每条沟北边的坝上，雪都堆得高高的，每爬出一条沟，他们都得陷到雪堆里，把身上都弄湿了。

吉尔奋力地向前走着。她戴着兜帽，低着头，斗篷里的手都冻僵了。在这障碍重重的台地上，吉尔还瞥见了其他奇特的事物：她右边有一些看起来有点像工厂烟囱的东西，而她的左边是一片巨大的峭壁，比任何峭壁都要更陡峭更笔直。但她对这些一点也不感兴趣，完全没有去理会。她心中想着的只有她冰冷的手（以及鼻子、下巴和耳朵），以及哈尔方的热水澡和床。

突然，吉尔脚下打滑，向前滑出了五英尺远，这时，她惊恐地发现，自己正向下滑，即将跌进一个狭窄的深坑——这个深坑似乎是突然出现在她面前的。不到一秒钟，她就跌到了坑底。她感觉自己躺在一个壕沟或是凹槽里面，这里的宽度只有三英尺左右。虽然吉尔被摔得

够呛，但她注意到的第一件事是自己不用再受冷风吹了，因为这个壕沟的墙面在她身边高高竖起挡住了风。而她注意到的第二件事，自然是斯克罗布和帕德尔格鲁姆的脸，他们正担心地从壕沟边上向下看着。

"波尔，你受伤了吗？"斯克罗布喊道。

"我毫不怀疑，你一定把腿摔断了。"帕德尔格鲁姆喊道。

吉尔站起来，解释说自己很好，但需要他们帮她出来。

"有点像壕沟，不过也可能是条凹陷的路。"吉尔说，"这条沟很笔直。"

"老天啊，真的是这样。"斯克罗布说，"而且它是一路向北的！我猜这是不是通往某个地方的道路？如果是的话，我们下去，就可以避开这地狱般的风了。那下面有很多积雪吗？"

"几乎没有，我想雪都被吹到上面去了吧。"

"再往前有什么？"

"稍等片刻，我去看看。"吉尔说。她站起身，沿着壕沟向前走，但还没走多远，就发现道路拐了九十度转向右边。她大声喊着，向身后的伙伴报告这一发现。

"转角那边是什么？"斯克罗布问。

这时，吉尔身处黑暗的地下空间和拐来拐去的通道之中，她突然感受到了斯克罗布在悬崖边上的那种恐惧。她不愿意一个人走到转角的另一边，尤其是这时，她还听到帕德尔格鲁姆在身后的喊话：

"小心点，波尔。这看上去很像是火龙洞穴的入口。在巨人的国度，这里面还可能有巨大的吃土虫和巨大的甲虫。"

"我觉得前面没有多少路了。"吉尔说着，匆忙走了回来。

"我无论如何要去看一眼。"斯克罗布说，"我倒要看看，没有多少路是什么意思。"于是，他坐到壕沟的边缘，然后滑了进去（这时他们每个人身上都已经很湿了，不在乎再沾上雪了）。他从吉尔身边挤过去，什么也没有说，但吉尔心里知道，他一定看出了自己的害怕。于是她紧紧地跟在后面，同时尽量小心，不走到他前面去。

然而事实证明，探索的结果是令人失望的。他们向

银椅子

右转过转角，向前走了几步。这里出现了岔路：一条路继续向前，另一条则继续向右转。"这条路不行。"斯克罗布看了一眼向右转的道路说道，"这条路会把我们带回南边去的。"他选择了继续向前的路，但走了几步后，他们发现又有一个向右的转弯，但这一次没有另一条道路可供选择了，因为他们行走的壕沟到这里就是尽头。

"这不行。"斯克罗布嘟囔道。吉尔立刻转回身去，带头往回走。当他们走回吉尔当时掉进沟的地方时，沼泽人伸出他长长的手臂，轻松地将他们两个拉了上去。

但是重新回到地面上很难受。在下面窄窄的壕沟里面，他们冻僵的耳朵几乎已经暖和过来了。在下面，他们看得更清楚，呼吸更顺畅，彼此说话也不需要大吼大叫就能听清。重新进入呼啸的寒冷中无疑是一种痛苦。而难上加难的，是帕德尔格鲁姆偏偏在这时候说道：

"你还很相信那些指示吗，波尔？我们现在应该遵守哪一条指示呢？"

"嗐，得了！别管那些指示了。"波尔说，"大概就是有人会提到阿斯兰的名字之类的。但我绝不会现在背诵这些指示的。"

正如读者你所见，吉尔把指示说错了，这是因为她没有坚持每天晚上背诵指示。如果努力去想的话，她其实应该还记得它们，但她对自己的功课已经不那么烂熟于心，无法在被询问的当下不假思索地以正确的顺序将指示一口气背出。帕德尔格鲁姆的问题让她不快，因为在内心深处，吉尔其实对自己感到不满意——她知道自己本应深深记住狮子的教诲，此刻却记得不大清楚了。这样的不满，再加上寒冷和疲倦的折磨，让吉尔说出"别管那些指示了"的话，不过她内心应该并非真的这样想。

"哦，这就是下个指示，是吗？"帕德尔格鲁姆说，"我怀疑你说的真的对吗？我看你一定是把它们搞混了。在我看来，这座小山和我们所在的这片平地，都值得我们花些时间好好查看一下。你们有没有注意到——"

"哦，天啊！"斯克罗布说，"现在是停下来欣赏美景的时候吗？看在老天的分上，我们继续往前走吧。"

"哦，看啊，看啊！"吉尔边叫边指着。每个人都转过身来，看她说的东西：在北边远处，比他们所站的平

地高出许多的地方,出现了一排灯光。这一次,他们比前一天晚上看得更真切了,这些灯光是从窗户中透出来的。有些窗户小小的,让人充满向往地猜想它们是卧室;还有些大窗户,让人猜想它们是壁炉中炉火正旺的大厅,也许大厅里还有餐桌,摆着热汤和冒着热气、流着肉汁的牛排。

"哈尔方!"斯克罗布惊呼。

"看上去真不错。"帕德尔格鲁姆说,"但我刚才正在说——"

"哦,别说了。"吉尔生气地说,"我们没时间可浪费了。你不记得了吗?那位女士说过,他们很早就会关上大门的。我们必须要及时赶到那里,必须,必须。如果我们被拒之门外,要在外面度过这样一个晚上,我们就死定了。"

"嗯,现在还不能说是晚上——"帕德尔格鲁姆刚开口,两个孩子就说:"快来吧。"在很滑的平地上,他们用最快的速度跌跌绊绊地向前走去。沼泽人跟在他们后面:他仍然在说话,但是他们现在重新走入了大风之中,因此两个孩子即使想听清他的话也听不到，况且他们也并不想听。他们满脑子都是浴缸、床铺和热饮，要是错过进入哈尔方的时间而被拒之门外，那是绝对不可忍受的。

尽管他们很着急，但穿过这座山的山顶平地花了他们很久的时间。穿过平地后，还要爬下好几道平台才能下山。不过最终，他们来到了山脚下，看清了哈尔方究竟是什么样子。

哈尔方坐落在一座高高的悬崖之上，虽然有着很多的塔楼，但它更像是一个巨大的房屋，而不太像是一般的城堡——显然，友好的巨人们不害怕有人来进攻这里。外墙上有些窗户距离地面很近，真正被当作要塞的城堡是不可能有这样的窗户的，甚至还有许多奇形怪状的小门在各处开着，因此他们不用穿过庭院，就可以很容易地进出城堡。这让吉尔和斯克罗布的兴致高涨起来，这个地方看上去颇为友好，而不是拒人于千里之外。

一开始，他们被这座又高又陡的悬崖吓住了，但很快他们便发现左边有一条比较好走的蜿蜒向上的道路。

银椅子

不过爬上去仍然很费力气,尤其在他们已经长途跋涉之后。吉尔几乎要放弃了,最后一百码是斯克罗布和帕德尔格鲁姆帮着她爬完的。

最终,他们还是来到了城堡的大门口。门开着,吊闸门没有放下来。

不管你有多想休息,要走进巨人的大门还是非常需要勇气的。尽管帕德尔格鲁姆之前一直说要对哈尔方保持警惕,此刻却展示出了最大的勇气。

"现在,我们要稳步前行。"他说,"无论如何,别显出害怕的样子。我们到这里来已经犯了世界上最大的错误,但既然来了,就应该大胆面对。"

说完这些话,他向前步入门洞,头顶上的拱墙使他的话发出回声,他用最大的声音向里面喊道:

"喂!看门的!有客人想要留宿。"

他一边等着有人来应答,一边脱下帽子,敲掉了帽檐上面厚厚的一层积雪。

"我说,"斯克罗布对吉尔耳语道,"他虽然有的时候扫兴,但还是挺勇敢又愿意出头的。"

门开了,一道吸引人的火光透出来,看门人现身了。吉尔咬住了嘴唇,以免发出惊呼声。看门人并不是一个特别巨大的巨人——他比一般的苹果树要高,但比电线杆要矮。他长着刚硬的红头发,穿着一件无袖的皮上衣,上面绑着许多金属圆盘,就像一件锁子甲一样。他赤裸的膝盖上都是毛,小腿上穿着类似绑腿的东西。他俯下身来,瞪大眼睛看着帕德尔格鲁姆。

"你又是哪种生物?"他问道。

吉尔鼓起勇气,做出了行动。"请求您,"她朝巨人大声喊道,"绿色长袍的女士向友好巨人的国王致意,派我们这两个来自南方的孩子和这位叫帕德尔格鲁姆的沼泽人加入你们的秋日大餐——当然,如果方便的话。"她补充道。

"啊哈!"看门人说,"如果是这样,事情就不同了。进来吧,矮人们,进来吧。你们最好先在门房等着,我去给国王陛下送信。"他充满好奇地看着两个孩子,"你们长着蓝色的脸,"他说,"我不知道还有这种肤色。我可不喜欢这样。但我敢说,你们彼此觉得对方长得还不

错。就像他们说的，虫子只喜欢虫子。"

"我们的脸是冻得发蓝的。"吉尔说，"我们本来不是这种肤色的。"

"那就进来取取暖吧。进来吧，小虾米们。"看门人说。他们跟随他进入了门房。虽然听到那扇巨大的门在身后砰地关上，他们有些害怕，但很快就忘记了这一点，因为他们看到了昨晚晚饭后就一直心心念念的东西：火堆！火实在太大了，就像有四五棵树在燃烧一样，这团火热极了，他们必须距离它十几码才行。但他们都躺在了砖石地面上，在能忍受的范围内尽量靠近火堆，并发出舒适的呼气声。

"我说，小伙子，"看门人对一个一直坐在房间后面的巨人说道，这个巨人一直盯着这几位来访者，眼睛都快要掉出来了，"把这个消息带给房子里的人。"他把吉尔的话又重复了一遍。而那个年轻的巨人看了他们一眼，发出一阵狂笑，然后离开了房间。

"听我说，青蛙人。"看门人对帕德尔格鲁姆说，"看上去你需要一些能让你开心起来的东西。"他拿出一个黑

111

色的瓶子，和帕德尔格鲁姆自己的瓶子很像，但大概要大上二十倍，"让我看看，让我看看，"看门人说，"我不能给你倒一整杯，你会淹死的。我想想，用盐罐装上一杯可能正好。你不要和房子里的人提这件事。他们该不断来跟我买了，不过这不是我的错。"

他拿来的盐罐和我们常见的不太一样，更窄也更竖直，给帕德尔格鲁姆当杯子正好。巨人把盐罐放在帕德尔格鲁姆身边的地上。两个孩子以为帕德尔格鲁姆这么不信任巨人，不会接受这杯喝的，没想到他嘟囔道："既然已经进来了，大门也关上了，保持警惕恐怕也晚了。"他闻了一下酒，"闻上去还不错。"他说，"但气味不可靠。最好再确认一下。"于是他呷了一口，说，"喝起来也不错。但可能只有第一口是好喝的，继续喝味道会怎么样呢？"他又喝了一大口。"啊！"他感叹道，"但是喝到最后还会是一样的味道吗？"于是又喝了一口说，"我觉得瓶底肯定残留着不干净的东西。"于是把酒喝了个精光。他舔了舔嘴唇，对两个孩子说："告诉你们，这一定是个测试。如果我蜷缩成一团，或者爆炸，或者变成一

只蜥蜴之类的东西,你们就要注意,不要吃或喝他们给你们的东西。"巨人离他们太远了,听不到帕德尔格鲁姆的低声言语,但他发出咆哮般的笑声说:"看不出来,青蛙人,你还真是个男人。我得把酒收好!"

"不是男人……是沼泽人。"帕德尔格鲁姆有点口齿不清地回答道,"也不是青蛙人……是沼泽人。"

就在这时,他们身后的门打开了,年轻的巨人走进来,说道:"他们要立刻进入国王的宫殿。"

两个孩子站了起来,但帕德尔格鲁姆仍然坐着,说道:"沼泽人,沼泽人。值得尊重的沼泽人。值得尊重的沼泽人。"

"给他们带路,小伙子。"看门的巨人说,"你最好背着青蛙人。他稍微喝多了一点儿。"

"我没事。"帕德尔格鲁姆说,"我不是青蛙。我和青蛙没有一点关系。我是值得尊重的沼泽人。"

但是年轻的巨人将他拦腰抱了起来,示意孩子们跟上。他们就以这样有点狼狈的方式穿过了庭院。帕德尔格鲁姆被巨人抓在手里,无力地朝空中踢着腿,看起来真像是一只青蛙了。但他们无暇顾及这些，因为他们很快就进入了主城堡的大门，两个孩子的心跳得比平时更快了，为了跟上巨人的脚步，他们小跑着穿过几条走廊，然后不知不觉间便来到了一间光亮耀眼的巨大房间。这里有灯光，壁炉中有燃烧的熊熊火焰，那亮光被镀金的屋顶和窗檐反射回屋内。他们的左右两边站着数不清的巨人，每个人都穿着华丽的长袍，房间远端是两个王座，上面坐着两个巨大的身影，似乎就是国王和王后。

他们在距离王座二十英尺的地方停了下来。斯克罗布和吉尔各行了一个别扭的礼（实验学校没有教女生怎样行屈膝礼）。年轻的巨人小心地把帕德尔格鲁姆放到地上，而帕德尔格鲁姆在地上瘫坐成一团。他那长腿长手，说实话，让他看起来非常像一只蜘蛛。

第8章 哈尔方的房子

"去吧,吉尔,说你要说的话。"斯克罗布悄声说。

吉尔感到自己的嘴里非常干,一个字也说不出来。她用力地朝斯克罗布点头,示意他开口。

斯克罗布心里想,他永远不会原谅吉尔的(或许也有帕德尔格鲁姆),然后,他舔了舔嘴唇,朝着巨人国王喊话:

"请求您,陛下,绿色长袍的女士请我们转达她的致意,并说您会愿意让我们参加秋日大餐。"

巨人国王和王后对视了一下,互相点了点头,然后露出了微笑 —— 吉尔不怎么喜欢这种笑容,不过,她觉得国王看上去比王后好一些,他留着精致、鬈曲的胡子,长着长长的鹰钩鼻，对于一个巨人来说，这长相算非常好看了。王后胖得可怕，一张涂脂抹粉的胖脸上长着双下巴，这对于一般人来说已经算不幸了，而当这张脸比一般人大上十倍时，就更显丑陋了。这时，国王伸出舌头，舔了舔嘴唇，这本是一个再普通不过的行为，但他的舌头那么大又那么红，让人猝不及防，吉尔不禁吓了一跳。

"哦，多好的孩子呀！"王后说。吉尔心想："搞不好她才是更友好的那一个。"

"确实。"国王回答，"非常不错的孩子。欢迎来到我们的王宫。让我握握你们的手。"

他伸出巨大的右手。他的手很干净，每根手指上都戴着几枚戒指，但他的指甲尖得可怕。他整个手太大了，没法真的握住孩子们伸出来的手，于是，他握住他们的胳膊摇了摇。

"那又是什么？"国王指着帕德尔格鲁姆问道。

"值得尊重的沼泽人。"帕德尔格鲁姆说。

"哦！"王后尖叫道，把裙子拉向自己的脚踝，"这

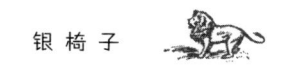

可怕的东西是活的！"

"他是个好人，陛下，真的。"斯克罗布着急地说，"您了解他之后会喜欢他的。我敢保证。"

读者，我希望你不会因为吉尔此刻做的一件事就不再愿意往下看关于她的故事了——她哭了起来。她有充分的理由这样做：她的双脚、双手、耳朵和鼻子才刚刚从冻僵的状态中缓解过来，融化的雪水从她的衣服上滴落，她几乎一整天没有吃东西或喝水，而她的腿疼得快要站不住了。无论如何，她的哭泣行为带来了任何其他行为都无法带来的好处，因为王后说道：

"啊，可怜的孩子！天啊，我们不该让客人一直站着的。快点儿，来人！把他们带走，让他们吃些东西，喝点酒，洗个澡。让这个小女孩舒服一些。给她几根棒棒糖、几个娃娃或是你能想到的任何东西——牛奶甜酒、酒心巧克力、香菜、玩具，给她唱唱摇篮曲。别哭，小姑娘，否则开始吃大餐的时候，你的状态该不好了。"

吉尔听到娃娃和玩具的时候，便立刻像你我一样，感到不屑和愤慨；至于棒棒糖和酒心巧克力，虽然它们也不错，但吉尔还是希望能有更实在的食物。然而，王后这番愚蠢的发言起到了绝佳的效果：帕德尔格鲁姆和斯克罗布立刻被个子巨大的侍者举起来，吉尔则被巨大的女用人举起，他们三个分别被送到各自的房间。

吉尔的房间大概有一座教堂那么大，这里本来可能会有点阴森，还好房间里铺着一张厚厚的深红色地毯，壁炉里的火也烧得很旺。吉尔获得了一系列愉快的体验：她被交给王后小时候的嬷嬷来照顾，按巨人的标准来看，

银椅子

嬷嬷是一位个子很小的老太太,整个人因为驼背几乎折成了两截;而按人类的标准来看,她是一个刚刚矮到在屋子里走路不会头撞到天花板的女巨人。她非常能干,不过吉尔希望她不要一直发出"啧啧"的声音,或是不要总说"哎哟哟,不怕不怕""给你一只小鸭子""小乖乖,这样就没事了"之类的话。嬷嬷往一只巨大的澡盆里倒满热水,扶着吉尔走进去。如果你会游泳(像吉尔一样),可能会觉得洗一次巨人的澡很有意思。而巨人用的毛巾虽然有点硬和粗糙,但也很让人喜欢,因为每条毛巾都有几公顷大。事实上根本不需要用毛巾把自己擦干,只要躺在毛巾上面四处翻滚玩耍就可以,因为毛巾就放在炉火前面。吉尔洗完澡后,身上干净清爽,穿上了温暖的衣服。这些衣服非常豪华,明显是给人类穿的衣服,而不是巨人的衣服,不过穿在吉尔身上还是有点大。"我猜,既然绿色长袍的女士来过这里,巨人一定经常能见到我们这样身型的客人。"吉尔心想。

她很快看出自己的猜测一定是对的,因为她面前摆着一张桌子和一把椅子,桌椅的高度正适合成年人类,桌子上的刀叉和勺子也是普通的尺寸。终于能够全身洁净而温暖地坐下休息，吉尔觉得非常舒服。她仍然光着脚，踩在巨人的地毯上，感觉好极了。地毯的绒毛完全没过了她的脚踝，这对于酸痛的脚来说再合适不过。虽然此刻是下午茶的时间，给她送来的却是一顿正式的晚餐，有韭葱鸡肉汤、热烤火鸡、蒸布丁、烤栗子和吃不完的水果。

唯一令人讨厌的是嬷嬷不停地进进出出，并且每次进房间的时候，都要拿来一个巨大的玩具：比吉尔还大的巨型娃娃、像大象一样大的带着轮子的木马、有储气罐那么大的鼓，还有一只粘满绒毛的绵羊玩具。这些东西制作得很粗糙，涂着各种鲜艳的颜色，吉尔一看见它们就心生厌恶。她一直和嬷嬷说不想要这些东西，但嬷嬷说：

"啧啧啧，等你好好休息一下后，就会喜欢这些玩具啦，我肯定！呼哈哈，先晚安吧。可爱的宝宝！"

屋子里的床不是巨人睡的床，而是一张大大的四柱床，就像老式旅店里能看到的那种。在这个巨大的房间

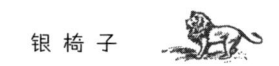

里，床显得很小。吉尔在上面翻滚，感到很开心。

"嬷嬷，还在下雪吗？"她带着睡意问道。

"不，这会儿在下雨了，宝贝儿！"女巨人说，"雨会把脏雪都冲洗掉的。可爱的宝宝明天就可以出门去玩了！"她帮吉尔掖好被子，说了晚安。

在我看来，没有什么事情比被一个女巨人亲吻更难受了。吉尔也有同样的感觉，但不到五分钟，她就睡着了。

雨一整晚都在下着，敲打在城堡的窗户上，但吉尔睡熟了，完全没有听到。她睡得错过了晚餐，又睡过了午夜。此刻是夜里最沉静的时刻，万籁俱寂，只有巨人房屋里的老鼠在活动。这时，吉尔进入了一场梦境：似乎她就在这个房间里醒来了，看见炉火变得又暗又红，在火光中，巨大的木马自发地动了起来，它的轮子转动着，滚过了地毯，在吉尔头边停了下来。这时，它不再是一匹马，而是变成了同样大小的狮子。接着，它又从玩具狮子变成了真的狮子，而且是那头狮子，和吉尔在世界尽头的山上见到他的时候一模一样。此刻，房间里充满一种世界上所有甜美的东西混合在一起的香味。然而，吉尔的脑中有一件烦恼的事，虽然她不清楚那到底是什么，但眼泪顺着她的脸流到了枕头上。狮子让她重复那些指示，而吉尔发现自己把它们全忘了。于是，一阵巨大的恐慌笼罩了她。这时，阿斯兰叼起了她（吉尔能感觉到他的嘴唇和呼吸，但感觉不到他的牙齿）。阿斯兰带吉尔来到窗口，让她往外看。月光非常明亮，天空或是宇宙中（吉尔分不清是哪里）挂着几个大大的字：**在我之下**。这之后，梦境渐渐退去。吉尔醒来时已经是第二天白天很晚的时候，她完全不记得自己做了梦。

吉尔起床，穿好衣服，在炉火前吃早餐。这时，嬷嬷打开门说道："可爱小宝宝的朋友来找她一起玩了。"

斯克罗布和沼泽人走了进来。

"早上好啊，你们两个。"吉尔说，"多有趣啊？我想我睡了准有十五个小时。我感觉好多了，你们呢？"

"我也是，但帕德尔格鲁姆说他头疼。"斯克罗布说，"哇！你的窗户有飘窗。我们上去的话，可以看到外面。"

他们立刻这样做了。看到外面的第一眼，吉尔就感叹道：

银椅子

"哦，真是太要命了！"

阳光明媚，积雪几乎已经完全被雨水冲掉了，只剩下少数的几堆雪。下方如地图般延伸开来的，就是他们昨天跋涉穿行的山顶平地，现在从城堡里看去，那毫无疑问就是巨人城的废墟。吉尔现在看出，这片区域其实是一片平地，大部分的地方都铺着人行道，不过有些地方的道路已经损坏了。蜿蜒的河坝其实是一些残垣断壁，应该是从前巨人们的宫殿和庙宇。一堵高达五百英尺的墙仍然完好地挺立着，吉尔之前就是把这堵墙当成了一道峭壁。看上去像是工厂烟囱的其实是巨大的石柱，因受到损坏变得高矮不一，破碎的石柱像被砍伐的树木一样倒在地下。他们在山北边爬下的平台——当然也包括他们从山南边爬上来的平台——是残留下来的巨人台阶。最为显眼的，是跨越人行道中央的几个巨大黑字：

在我之下

三位旅行者沮丧地看着彼此。短暂的沉默后，斯克罗布说出了他们共同的念头:"第二个和第三个指示被我们搞砸了。"这时,吉尔的梦突然重回她的脑海。

"是我的错。"她用绝望的语气说道,"我——我没有每天晚上背诵指示。如果我一直记得它们,就能认出那里是巨人城的废墟,即使覆盖着雪。"

"我更糟糕。"帕德尔格鲁姆说,"我看出来了,或者几乎看出来了。我当时就觉得这里特别像一座被损毁的城市。"

"你是唯一没有责任的人。"斯克罗布说,"你试着让我们停下来看看来着。"

"但是我不够坚持。"沼泽人说,"光尝试是不行的,我应该做成这件事!毕竟我可以一只手拉住你们一个人的。"

"其实是因为,"斯克罗布说,"我们太急于到这里来了,对别的都已经不关心了。至少我自己是这样。自从遇到那位女士和不说话的骑士,我们就只想着她说的话了。我们几乎把瑞廉王子都忘了。"

"我毫不怀疑,"帕德尔格鲁姆说,"这就是她的用意所在。"

银椅子

"但我不太明白,"吉尔说,"我们怎么会没有看到这些字? 会不会这些字是昨天晚上才出现的? 会不会是他——我是说阿斯兰——昨晚把这些字放在路上的? 我昨晚做了个奇怪的梦。"于是她对他们讲了自己的梦境。

"哎呀,你这个笨蛋!"斯克罗布说,"我们明明看见了这些字。我们走到字母里了,记得吗? 我们在'ME'①里面的字母 E 里来着,就是你跌进去的那条路。我们沿着 E 最下面的横往北走,在转角处往右拐,然后又到了一个拐角,也就是中间那道横的位置,然后我们直着向上走,来到了 E 的左上角,或者说方向上的东北角,然后就往回走了。我们就像两个大蠢蛋一样。"他狠狠地踢了一下飘窗,继续说,"这样没有用,波尔。我知道你在想什么,因为我也有同样的想法。你在想,如果阿斯兰在我们离开城市废墟之后才把字放在那里该有多好,这样犯错的就是他,而不是我们了。你是这样想的吧? 不行,我们必须直面错误。我们已经搞砸了三个指示,总共只有四个。"

① ME 在英文里是"我"的意思。

"是我搞砸的。"吉尔说,"一点儿也不错。自从你把我带来后,我把一切都搞砸了。我真的非常非常抱歉,尽管如此,这句话是在说明什么呢?'在我之下'好像意思不太明确。"

"不,意思非常明确。"帕德尔格鲁姆说,"这是在告诉我们,必须去城市的底下寻找王子。"

"可我们怎么下去呢?"吉尔问。

"问题就在这里。"帕德尔格鲁姆一边说,一边揉搓着两只大大的青蛙掌一样的手,"现在怎么到下面去?不用说,如果在城市废墟的时候,我们能专心研究任务,会发现方法的,也许会找到一道小门、一个洞口、一条通道,或者遇到能够帮助我们的人——搞不好就是阿斯兰本人呢(这可不好说)。无论怎样,我们一定能找到通往铺路石地下的入口。阿斯兰的提示总是有用的,无一例外。但现在该怎么做,就是另外一回事了。"

"我想,我们应该回到那里。"吉尔说。

"听起来很简单,不是吗?"帕德尔格鲁姆说,"我们可以试着从打开那扇门开始。"他们都看向了门,发觉

银椅子

他们谁也够不到门把手，而且就算能够得到，他们也转不动。

"如果我们提出要走，你们觉得他们会不会放我们走？"吉尔说。没人回答，但每个人心里都在想："如果他们不放人的话，怎么办？"

这不是个令人愉快的念头。帕德尔格鲁姆坚决不同意告诉巨人他们真正的目的，而只是请求巨人放他们出去，当然，在他不同意的情况下，孩子们不会擅自透露信息，因为他们曾经这样保证过。他们三个人都觉得，想半夜从城堡里偷逃出去是不可能的。一旦他们进入各自的房间，门被关上后，他们直到天亮都像囚犯一样无法离开。他们当然可以请巨人把门打开，但那样会引起怀疑。

"我们唯一的机会，"斯克罗布说，"是在白天的时候偷偷逃跑，下午的时候，巨人们不都会睡个午觉之类的吗？如果我们能够偷偷溜到厨房，搞不好会有开着的后门。"

"在我听起来，这算不上什么机会。"沼泽人说，"但确实是我们仅有的可能了。"事实上，斯克罗布的计划并

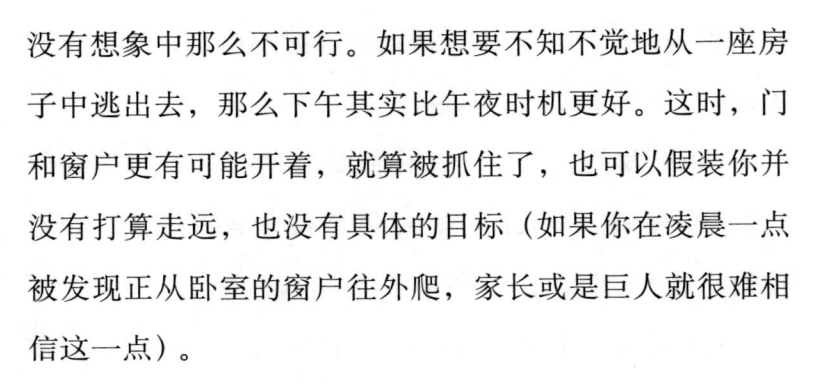

没有想象中那么不可行。如果想要不知不觉地从一座房子中逃出去，那么下午其实比午夜时机更好。这时，门和窗户更有可能开着，就算被抓住了，也可以假装你并没有打算走远，也没有具体的目标（如果你在凌晨一点被发现正从卧室的窗户往外爬，家长或是巨人就很难相信这一点）。

"我们必须让他们放松警惕。"斯克罗布说，"我们必须表现得非常喜欢这里，表现出期待秋日大餐到来的样子。"

"明天晚上就是大餐了。"帕德尔格鲁姆说，"我听到有一个巨人这样说。"

"我明白了。"吉尔说，"我们得装作兴奋得不得了，不停地问他们各种问题，反正他们也把我们当三岁小孩，这倒让事情容易些。"

"轻松愉快。"帕德尔格鲁姆叹口气说，"我们必须得表现出这种感觉：轻松愉快，无忧无虑，爱玩爱闹。我注意到，你们这两个年轻人的情绪不是很高涨。你们一定要看我的样子，照着我的做法去做。我会表现得很轻

松愉快，就像这样——"他摆出一副痛苦的笑脸，"并且爱玩爱闹——"他无比悲痛地雀跃了一下，"你们一直盯着我看，很快就能进入状态。要知道，他们现在已经觉得我是个很有趣的家伙了。我敢说，你们两个觉得我昨晚有些喝醉了，但我向你们保证，这大部分是我伪装的。我隐约预感到装作喝醉会有用处。"

后来，孩子们再谈论这场冒险时，一直无法确定帕德尔格鲁姆说的最后这句话究竟是真是假，但他们确定，帕德尔格鲁姆这样说时，他自己是相信的。

"好吧，就轻松愉快。"斯克罗布说，"现在还得找人把这扇门打开。我们一边在这里轻松愉快地玩闹，一边要尽量调查清楚这座城堡的情况。"

幸运的是，就在这时，门打开了，巨人嬷嬷匆匆走进来，说道："听我说，宝宝们，你们想来看国王和整个宫廷的人为打猎做准备吗？那场面非常好看！"

他们不假思索地从她身边冲了出去，爬下了遇到的第一道楼梯。在猎犬的叫声、号角声和巨人的说话声的引导下，他们只花了几分钟就来到了庭院。所有的巨人都站在地上,因为这个世界里没有可以让他们骑乘的巨马,巨人的打猎就是徒步进行的,就像英国人猎兔时那样。猎犬的个头也和平时常见的不一样。当吉尔看到没有马的时候,一开始她感到失望透顶,因为她心中肯定,那个胖王后是不可能用脚追得上猎犬的,如果她整天都待在房子里,那就麻烦了。但她随后发现,王后坐在一抬轿子一样的东西上,由六个年轻的巨人用肩抗着。那个愚蠢的女巨人全身穿着绿色,身边放了一把号角。

包括国王在内,一共有二三十个巨人集合在一起,准备去打猎,他们用震耳欲聋的声音说笑着。而他们身下和吉尔差不多高的地方,是猎犬摇摆的尾巴。这些狗没有用链子拴起来,它们叫着,用鼻子和流口水的嘴嗅别人的手。帕德尔格鲁姆正准备拿出自己轻松愉快、爱玩爱闹的态度(还好没有人注意到,不然可能一切都毁了),这时,吉尔露出最为甜美纯真的微笑,匆忙跑到王后轿子的旁边,朝她喊道:

"哦!请求您,您不会走的吧!您一定会回来吧?"

"是的,亲爱的。"王后说,"我今晚就会回来。"

银椅子

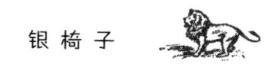

"哦，那太好了！"吉尔说，"明晚我们可以参加大餐，对吗？我们真是太期待明天晚上了！我们很喜欢这个地方，你们去打猎时，我们可以在城堡里到处走走，随意参观吗？请答应我吧！"

王后答应了，但是宫廷成员的笑声几乎淹没了她的声音。

第9章 他们发现了重要的信息

事后,其他人承认,吉尔那天的表现简直棒极了。国王和打猎队伍一出发,她就开始走遍整个城堡,问了许多问题,但都是以她那种非常天真的孩童的方式,因此没有人会怀疑她暗地里有什么打算。虽然她的嘴一直没停过,但是她几乎没有给出任何信息,她只是一直和人闲聊并发出咯咯的笑声。她向每个人示好——侍卫、看门人、女仆人、女侍者,还有已经老得不能打猎的巨人贵族们。她允许任何一个女巨人亲自己或是抚摸自己,她们似乎都觉得她很可怜,叫她"可怜的小家伙",不过没有人说明为什么。她和厨师成了尤其要好的朋友,从他那里,她得知了一个最重要的事实:洗碗间有一扇门,

可以直接从外墙出去，不必经过庭院的门房。在厨房里，吉尔装作很馋的样子，把厨师和帮厨给的所有小块食物都吃光了。而在楼上的女巨人中间，她则询问了许多关于大餐的问题：穿什么样的衣服合适，可以多晚不睡觉，可不可以和个子最小的巨人跳一跳舞。这之后（吉尔事后回忆起来满脸通红），她以那种无论是普通成年人还是成年巨人都会觉得迷人的方式把头歪向一边，摇晃着鬈发，做出烦躁不安的样子，说："哦，我真希望现在就是明天晚上，你们不这样想吗？你们觉得会很快就到明天晚上吗？"所有的女巨人都说她真是个完美的小可爱，其中一些用巨大的手帕擦拭自己的眼睛，就像马上要哭出来一样。

"他们小的时候真可爱。"一个女巨人对另一个说，"多少有点可惜……"

斯克罗布和帕德尔格鲁姆都尽了最大努力，但女生在这方面比男生有天赋，而男生则比沼泽人有天赋。

午餐时发生了一件事，让他们三个更加迫切地想要离开友好巨人的城堡。他们在大厅里一张专属于他们的餐桌上吃午饭，离炉火很近。大概二十码外，有一张更大的餐桌，六七个老年巨人也在吃饭。他们聊天的声音很吵闹，而且声音飘浮在上空，因此，两个孩子完全没有留意他们的谈话，就像你会忽略窗外的猫头鹰或街上的车来车往一样。他们三个吃的是冷鹿肉，吉尔以前从没吃过这东西，但她很喜欢。

突然间，帕德尔格鲁姆转向他们，脸色十分惨白，即使在他无精打采的表情下也看得出来。他说：

"别再吃了。"

"怎么了？"两个孩子悄声问。

"你们没有听见巨人的话吗？他们中的一个说：'这块鹿腰肉可真嫩。'另外一个回答说：'这么说，那只雄鹿是个骗子。'第一个问道：'怎么说？'另一个答道：'哦，他们说这只鹿被抓到的时候说："不要杀我，我肉很硬的，你们肯定觉得不好吃。"'"吉尔没有立刻明白这些对话到底意味着什么，但她随后反应了过来，因为斯克罗布恐惧地瞪大了眼睛，说道：

"所以，我们吃的是一只会说话的雄鹿的肉。"

银椅子

这一发现对于他们三个人的影响不尽相同。吉尔刚刚来到这个世界，她为这只可怜的雄鹿感到难过，认为杀死它的巨人们真是坏透了。斯克罗布曾经来过这里，并且曾和至少一个会说话的动物成了非常亲密的朋友，他觉得十分恐怖，就像面对一场真正的谋杀。而帕德尔格鲁姆作为土生土长的纳尼亚人，则感到恶心头晕，就像发现自己吃了一个新生的婴儿一样。

"我们遭到了阿斯兰的惩罚。"帕德尔格鲁姆说，"这就是我们没有遵循指示的结果。我想我们已经被诅咒了。如果可以的话，我认为我们最好的选择是用这些餐刀插进自己的心脏里面。"

即使是吉尔也逐渐能够从他的角度来理解这件事了。无论如何，他们三个都再也吃不下去午饭了。等他们觉得安全时，便立即悄悄地溜出了大厅。

时间已经快要来到他们计划逃跑的关键时刻了，他们都变得紧张起来。他们在过道里晃来晃去，等着身边的环境静下来。巨人们吃完饭，又在大厅里坐了非常久的时间。其中一个光头巨人在讲故事。这一切结束后，三个旅行者偷偷摸摸钻进了楼下的厨房,但厨房里仍然有不少巨人,至少洗碗间里是这样,他们在清洗、整理餐具。三个人痛苦地等待着巨人干完活,然后一个接一个地擦干净手离开。最后,只有一个上了岁数的女巨人留在厨房里。她闲逛了半天,三个旅行者惊恐地发觉,她根本没打算离开。

"哦,亲爱的宝宝们。"她对他们说,"活差不多干完了。我们把烧水壶放在那儿就行,很快就能烧出一壶好喝的茶来。现在我要休息一会儿了。小宝宝,帮我看看洗碗间,告诉我,门是开着的吗?"

"是开着的。"斯克罗布说。

"那就好。我总是让那扇门开着,好让小猫进进出出,那个可怜的小家伙。"

然后,她便坐到一把椅子上,把脚搭在另一把上。

"不知道我能不能好好打个盹,"女巨人说,"希望那个什么打猎队伍别太早回来就好。"

听到她要打盹,他们的精神都为之一振,而听到打猎队伍要回来,他们又垂头丧气起来。

银椅子

"他们通常什么时候回来呢？"吉尔问。

"这可不一定。"女巨人回答，"现在听话，安静一会儿，我亲爱的宝宝们。"

他们退回到厨房的角落里，正准备溜进洗碗间，这时，女巨人突然坐了起来，睁开眼睛，驱赶一只苍蝇。"先别轻举妄动，等到她睡熟了再说。"斯克罗布悄声说，"不然计划就毁了。"于是，他们在角落里挤成一团，等待着，观察着。想到打猎队伍随时可能回来，他们害怕极了。女巨人也令人不安。每当他们觉得她真的睡着时，她就会动一下。

"我受不了了。"吉尔心想。为了分散自己的注意力，她开始环视四周。在她的正前方是一张干净的宽桌，上面摆着两个干净的馅饼碟和一本打开的书。当然，馅饼碟是巨人尺寸的，吉尔觉得自己完全可以舒服地躺在一只碟子里。然后，她爬上桌子旁边的长椅，去查看那本书，上面写着：

野鸭。这种美味的禽类有多种烹饪方法。

"原来是本菜谱。"吉尔不以为意地想，侧头又看了一眼女巨人，她的眼睛是闭上的，但看上去并没有真的睡着。吉尔又回头看那本书。食材是按照首字母顺序排列的，看到下一条时，她的心跳停了一拍，上面写着：

人类。这种精致的小个子两足动物一直以来以

银椅子

美味著称。人肉是秋日大餐的传统菜肴,一般在鱼肉和大块肉之间上桌。每一个人类……

她无法再继续读下去了。她转过身,看见女巨人醒了过来,突然咳嗽了起来。吉尔轻轻推了推另外两个人,指了指那本书。他们同样爬上长椅,俯身看着那本巨大的书。斯克罗布在读怎么烹饪人类,这时帕德尔格鲁姆指了指下一条:

沼泽人。有些专家认为这种生物根本不适合巨人吃,因为他们肉里的纤维太多,味道像泥土一样。但是,有一个能去掉这种味道的有效方法——

吉尔轻轻地碰了碰他们两个的脚,三个人都回过头,看向女巨人。她的嘴微微张着,鼻子里传出在他们听来比音乐更美妙的声音——鼾声。现在的首要任务是蹑手蹑脚地行动。他们不敢走得太快,也几乎不敢呼吸,就这样穿过了洗碗间(巨人的洗碗间气味相当难闻),最终进入了冬日下午的淡淡阳光之中。

他们身处一条崎岖小路的顶端。这条路是陡峭向下的。谢天谢地，他们是在城堡的右侧，城市废墟正在视线之中。几分钟后，他们便再次来到了沿城堡向下的那条宽阔而陡峭的道路上，从城堡那一边的任何一扇窗户都能看到他们完整的身影。如果只有一两扇，或者五扇窗户，那么没有人在看也很正常；然而一共将近五十扇窗户。此外，他们现在意识到他们所在的这条路，以及从此处到城市废墟中间的地面上几乎没有任何遮挡，只有干枯的草、鹅卵石和平坦的石头，连一只狐狸都无处藏身。更糟糕的是，他们现在身上穿的是昨晚巨人提供给他们的衣服——除了帕德尔格鲁姆，因为没有衣服适合他的身材——吉尔穿着一件鲜艳的绿色长袍，尺寸过大，外面还披了一件边缘缀着白色绒毛的深红披风。斯克罗布则穿着深红色的长筒袜，蓝色的束腰外衣和斗篷，戴着一顶羽毛软帽，佩一把金色剑柄的长剑。

"你们两个身上的颜色可真鲜艳。"帕德尔格鲁姆嘟囔道，"在冬日的白天真够显眼的，就算是世界上最差

的弓箭手在射程范围内肯定都能射中你们。说起弓箭手,我们肯定很快就会因为没有带上我们自己的弓和箭而后悔。你们的衣服是不是有些薄?"

"是啊,我现在已经感觉很冷了。"吉尔说。

几分钟前,他们还在厨房里的时候,吉尔还以为只要能够走到城堡外面,他们就算逃跑成功了。而现在,她意识到最危险的事情还在前面呢。

"稳住,稳住。"帕德尔格鲁姆说,"别回头,别走得太快。无论如何,千万不要跑。我们要做出只是在散步的样子,这样的话,如果有人看见我们,他有可能不会太在意。只要我们看起来像是在逃跑,我们就完了。"

他们与城市废墟之间的距离远远超过吉尔的想象。但他们正在一点点接近那里。这时,一阵声音传来,斯克罗布和帕德尔格鲁姆倒吸了一口凉气,吉尔不知道这声音是什么,问道:"那是什么呀?"

"打猎的号角声。"斯克罗布悄声说。

"但是现在也别跑。"帕德尔格鲁姆说,"等我口令。"

这次吉尔没忍住,回头看了一眼,在大概半英里外,打猎的队伍回来了，正从他们三个的左后方往城堡走。

他们继续往前走，突然间，一阵巨大的巨人说话声响起，然后，说话变成了喊话和呼叫。"他们看见我们了。快跑。"帕德尔格鲁姆说。

吉尔拉起长长的裙子，跑了起来，这裙子可真是太不方便跑步了。现在，他们处于无可置疑的危险当中。她能听到猎犬的声音，并听到国王咆哮道："别让他们跑了！否则明天我们就没有人肉馅饼吃了。"

吉尔现在落在另外两个人的后面，裙子阻碍了她的步伐，并且地上的石头很松动，她的头发飘进了嘴里，胸口由于快跑累得生疼。猎犬离他们很近了。现在，吉尔必须往上跑，沿着满是石头的斜坡来到最低一层的巨人台阶。她不知道到了那里之后要怎么办，也不知道爬到最顶上是不是就安全了。

但她没空想这些，她现在像一只动物一样，只要那群人还在后面追，她还没有摔倒，就必须往前跑。

沼泽人跑在最前面。当他来到最下面一层台阶时，他停下了，往右边看了看，然后突然冲进了台阶底部的

一个小洞或裂缝里面。他长长的腿钻进洞里，看上去很像是一只蜘蛛。斯克罗布犹豫了一下，也随着帕德尔格鲁姆消失在里面。吉尔气喘吁吁、跌跌跄跄，大约一分钟后，她来到了洞口。这个洞口并不舒适，只是地面和石头中间的一个开口，三英尺深，不到一英尺高。必须脸朝下，爬进去才行，而且没法行动得很快。吉尔觉得还没等自己进去，就会被狗咬住脚后跟。

"快，快，拿石头，把洞口堵住。"黑暗中传来帕德尔格鲁姆的声音。洞里面伸手不见五指，只有洞口处有微弱的光。另外两个人开始努力干起活来，吉尔能逆着光看见斯克罗布的小手和沼泽人那青蛙掌般的大手，他们正拼命地把石头堆起来。然后，吉尔意识到这是件多么重要的事情，便也开始摸索着，寻找大块的石头，把它们递给另外两人。不等猎犬来到洞口狂吠，他们就已经把开口完全堵上了。当然，这时洞里完全漆黑了。

"快，再往里走一些。"帕德尔格鲁姆的声音响起。

"我们握着彼此的手吧。"吉尔说。

"好主意。"斯克罗布说。他们在黑暗中花了些时间才摸到彼此的手。猎犬在石堆的另一面向里面嗅着。

"我们试试看能不能站起来。"斯克罗布建议道。他们试了试，发现可以站起来。然后，帕德尔格鲁姆向后伸出手，拉住斯克罗布，斯克罗布则向后伸出手，拉住吉尔（吉尔其实非常希望自己能在队伍中间，而不是最后面）。他们在黑暗中用脚摸索着，跌跌撞撞地往前走。脚下都是松动的石子。然后，帕德尔格鲁姆碰到了一面岩石墙，他们向右转了一点方向，继续往前走，前面又有更多的转弯。吉尔现在已经完全失去了方向感，不知道洞口到底在哪里了。

"问题是，"帕德尔格鲁姆的声音在黑暗中响起，"从各方面考虑，我们还不如回去（如果能回去），让那些巨人们把我们做成大餐端上餐桌，也比在这山缝中瞎撞好，前面十有八九有巨龙、深坑、沼气和水，而且——哎哟！松手！快逃命，我——"

这之后，一连串的事情迅速发生了：先是一声歇斯底里的喊叫，接着是灰尘和碎石响动的嗖嗖声，之后便是石头咯啦咯啦的响声，这时，吉尔发现自己开始向

下滑，根本无法停止。因为斜坡越来越陡，她的速度也越来越快。这并不是一个坚硬光滑的斜坡，而是小石头和垃圾堆成的坡。即使完全站起来也没有用，不管是在斜坡的哪个位置，你都会脚下打滑，不停往下滑去。而吉尔比起站着更像是躺着。他们几个向下跌得越深，就带动越多的石头和泥土一起滚落，所有的尘土和脏东西（和他们自己）一起往下滑，速度越来越快，声音越来越大。从斯克罗布和帕德尔格鲁姆发出的尖叫声和咒骂声中，吉尔明白，自己带下来的石头有不少都狠狠砸到了他们两个身上。现在，她已经在急速跌落了，她确信，自己到达坡底时一定会跌得粉身碎骨。

然而，她并没有粉身碎骨。她身上受了不少伤，脸上有黏黏的东西，似乎是血。大量的泥土、鹅卵石、大石头在吉尔身边堆成一堆，有些还压在她身上，让她无法起身。这里漆黑一片，睁眼和闭眼没有任何区别。一点声音也没有。这是吉尔有生以来经历过的最可怕的时刻。要是这下面只有她一个人，要是另外两个人已经……这时，她听到身边有动静。过了一会儿，三个人用发抖的声音交流起来，都说自己似乎并没有骨折。

"我们再也上不去了。"斯克罗布的声音响起。

"你们注意到了吗？这下面多暖和啊！"帕德尔格鲁姆的声音响起，"这说明我们在地下很深的地方。很可能有一英里深。"

没有人说话。过了一会儿，帕德尔格鲁姆又说：

"我的打火匣不见了。"

又过了一段时间，吉尔说："我渴得要命。"

没人提建议到底该怎么做。显然，他们已无计可施。此时此刻，他们的感觉倒没有想象中那么糟糕，因为他们主要的感觉是疲惫。

相当久以后，在没有一点预兆的情形下，一个完全陌生的说话声响起。他们的第一反应是，这并非他们都暗自期待的阿斯兰那世界上独一无二的声音，而是一个阴沉单调的声音——如果你明白，几乎可以说是一种黑暗的声音。那声音说：

"你们怎么在这里，地上世界的生物们？"

第10章　没有阳光的旅途

"你是谁？"三位旅行者齐声喊道。

"我是地下世界的边境守卫，还有一百个武装的地底人和我在一起。"回答声传来，"赶快告诉我，你们是谁，到深地王国来做什么？"

"我们是不小心掉下来的。"帕德尔格鲁姆十分真诚地说。

"很多人掉下来过，很少有人能回到阳光之中。"那个声音说，"做好准备，和我一起去见地下王国的女王吧。"

"她会把我们怎么样？"斯克罗布提防地问。

"我不知道。"那个声音说，"她的意愿不容询问，只能遵守。"

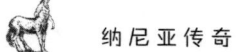

他说这句话的时候，还传来一阵像是轻微爆炸的声音，一道灰中带些蓝的冷光突然充满了洞穴。所有人都希望说话人提到的那一百个武装的同伴只是随口吹牛，但这时，他们全部出现了。吉尔眨着眼，看到了拥挤的一群人。他们个子大小不一，有不到一英尺高的地精，也有身材比人类还要高大的大汉。所有人手中都握着三叉戟，肤色都十分苍白，站得像雕像一般一动不动。除此之外，他们的外貌也全都不一样：有的长着尾巴，有的没有；有的长着长胡子，而有的则长着南瓜一样光滑的大圆脸；有的鼻子又长又尖，有的鼻子像树干一样又长又软，还有的人鼻子像圆球。有些额头中间长着独角，

但有一点是所有人相同的：他们一百人全都带着最为悲伤的表情。他们的悲伤让吉尔一下子就忘记害怕了。她有一种想让他们快乐起来的愿望。

"哈！"帕德尔格鲁姆搓着手说，"这正是我需要的。如果这些家伙还不能让我学会严肃对待生活，可能没人能做到了。看看那个家伙和他那海象般的胡子，还有那个——"

"站起来。"地底人的首领说。

没有别的办法，三个旅行者挣扎着站起来，握住彼此的手。在这样的时刻，人们会想握住朋友的手作为安慰。地底人围住他们。这些人走路的脚又大又软，有些长着十个脚趾，有些长着十二个脚趾，有些则一个脚趾都没有。

"走。"守卫说道。于是他们三个照办了。

洞里的冷光来自一根长杆顶端的大球，队伍最前面的高个地精举着这根长杆。在这暗淡光线的照射下，他们看出来，自己是在一个自然形成的洞穴里，洞壁和洞顶上面有很多球形的突起，而且千回百转，形成了上千种奇特的形状。他们越往前走，石头地面就越向下面延伸。吉尔在这里比其他人更难受，因为她讨厌黑暗和地下环境。他们一路前行，所在的空间越来越矮，越来越窄。最终，举着光源的人站到了一边，而地精则一个接一个地俯身，走进一道小小的裂缝——只有个子最小的不用弯腰——并消失其中。这时吉尔觉得自己再也无法忍受了。

"我不要进去，不要！我做不到！"她气喘吁吁地说。地底人什么话也没说，只是端平三叉戟，对准了她。

"冷静，波尔。"帕德尔格鲁姆说，"如果里面空间不变大的话，这些大家伙不会往里钻的。在地下还有一个好处，我们再也不会淋雨了。"

"哦，你不明白。我做不到。"吉尔哀号道。

"想想我在悬崖上的感受，波尔。"斯克罗布说，"帕德尔格鲁姆，你先进去，我跟在她后面。"

"就这样做。"沼泽人说着，用双手双膝在地面上爬，"你抓住我的脚踝，波尔。斯克罗布会抓住你的脚踝。这样我们都会舒服些。"

"舒服！"吉尔感慨道，但她还是趴了下来。他们几个用手肘支撑地面，爬了进去。这个地方很让人难受。

银椅子

他们都用脸着地,感觉爬了有半个小时,虽然可能只有五分钟。温度很高,吉尔感觉自己快要喘不过气了。但最终,前方出现了一道淡淡的光,通道开始变宽变高。他们又热又脏、浑身发抖,终于走出隧道,进入另一个山洞,不过这里很大,看上去简直不像山洞。

这里充满令人昏昏欲睡的幽暗光线,因此他们不再需要地底人那奇怪的提灯了。地面很软,上面好像长着一层苔藓,还长出来很多奇形怪状的东西。它们长着高高的枝干,像树一样;但又松松散散的,像蘑菇一样。它们彼此之间距离很远,无法形成一座森林,使得这里看上去更像是一个公园。灰绿色的光线似乎就是这些植物和苔藓散发出来的,但光没有很强烈,不能够触及洞顶——洞顶似乎很高很高。他们现在需要穿过这片柔软而令人昏睡的地方。他们感到有些伤感,但那是一种类似音乐般的平静的伤感。

他们在这里遇到了几十只奇特的动物,它们都躺在地面上,吉尔心里暗想,不知它们是睡着了还是死了。这些动物长得有点像火龙或是蝙蝠,帕德尔格鲁姆不认识这些动物。

"它们是从这里长出来的吗？"斯克罗布问守卫。守卫很意外自己会被搭话，但还是答道："不是。这些都是从地上世界来到地下世界的动物，都是从峡谷和洞穴到这里来的。下来的动物有很多，能回到地面的几乎没有。据说要等到世界末日，它们才会苏醒。"

说完这些话后，他的嘴像盒子一样关上了。在这巨大而宁静的洞穴中，孩子们都不敢再开口问了。地精们赤着脚踏在厚厚的苔藓上，走路一点声音都没有。洞里没有风，也没有鸟类，没有水流动的声音，地上那些奇特的动物也没有发出呼吸声。

走了大概十英里后，他们来到一面石墙前。墙上有一道矮矮的拱门，穿过去是另一个石洞。不过，这个门不像上一个通道那样让人难受，吉尔不用弯腰就可以走过去。进门之后有一个小一些的洞穴，里面的空间长而窄，格局和大小都类似一座大教堂。在这里，躺着一个熟睡的男人，他的身体几乎占据了整个房间。他比之前那些巨人都要高得多，脸长得也和巨人不一样，是高贵

而英俊的。他长着雪白的长胡子，一直垂到腰部，呼吸在胡子下起伏着。一道纯洁的银色光芒洒在他身上，不过没人看到这束光是从哪儿来的。

"那是谁？"帕德尔格鲁姆问。这之前已经很久没有人说话了，吉尔不禁心想他是哪儿来的勇气。

"那是时间老人，他以前曾是地上世界的一个国王。"守卫说，"现在他沉到了地下世界，躺着做梦，梦到自己以前在地上世界的丰功伟绩。下来的人有很多，能回到地面的几乎没有。据说要等到世界末日，他才会苏醒。"

他们穿过洞穴，又来到了另一个洞穴，然后是一个接一个的洞穴，直到吉尔已经数不清有多少个洞穴了。他们一直往下走，每个洞穴都比上一个更低，直到后来，光是想到头上有多深多重的土地都会让人窒息。最终，他们来到一个地方，守卫要求再次点起那盏暗淡的提灯。于是，他们来到一个宽阔而黑暗的洞穴里面，这里面什么也看不见，只能看到右前方有一条白沙铺成的小路，一直延伸到一片净水当中。那里有一座小小的码头，还有一艘船，船上没有桅杆，也没有船帆，但是有很多桨。

地下人让他们登船，带他们走到船头，那里有桨手们的坐椅，前面有一片空地，船舱里还有一个活动的椅子。

"我想知道一件事。"帕德尔格鲁姆说，"我们世界里的人，就是地上世界的人，有人曾经走完过这条路吗？"

"很多人在白沙滩登了船。"守卫说，"而——"

"是的，我知道。"帕德尔格鲁姆打断了他，"能回到地面的几乎没有。不必再重复了。你这个人真是固执，是不是？"

孩子们分别从两边，向帕德尔格鲁姆靠近，三个人挤成一团。在地上的时候，俩孩子觉得他是个扫兴的家伙，但现在在地下，他似乎是唯一的安慰了。于是暗淡的提灯被挂到了船上，地底人坐到了桨的旁边，船开始移动了。提灯能够照亮的范围很小，向前望去，什么都看不见，只有平静而漆黑的水面在无边的黑暗中延伸。

"哦，我们会怎么样呢？"吉尔绝望地问道。

"不要灰心丧气，波尔。"沼泽人说，"有一件事你必须记住。我们已经回到了正确的路上，我们就要进入城市废墟了，我们就在它的下面。我们在遵照阿斯兰的指

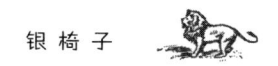

示做了。"

他们很快就得到了吃的，这是一种扁扁的松软的蛋糕，他们以前从未吃过。吃完东西后，他们逐渐睡着了。但当他们醒来时，情形都还和刚才一样：地精们还在划船，船还在向前行驶，周围还是一片黑暗。他们一共清醒、睡熟、吃东西又睡着了多少次，谁也记不得了。最糟糕的部分是，他们开始感觉似乎自己一辈子都生活在这艘船上，在黑暗之中，并开始怀疑阳光、蓝天、风儿和鸟儿是不是只是一场梦。

他们几乎放弃了希望，也忘了害怕是什么感觉，而这时，他们看到了前方的灯光，如他们船上的提灯一样，是暗淡的灯光。然后，突然间，一盏灯靠近了他们，他们看出自己正经过另一艘船。在这之后，他们又遇到了好几艘船。他们仔细盯着前面的灯光看，直到眼睛都看疼了，并发现一些灯光似乎是从码头、墙壁、塔楼这些地方传来的，还有一些光来自人群。但仍然几乎没有任何声音。

"天啊。"斯克罗布说，"这是一座城市！"很快，他们看出他说的是对的。

但这座城市很奇怪。灯光很少，并且间距很长。若是在我们的世界里，即使是在房屋稀少的村庄里，只有这几盏灯也是不行的。从被灯光照亮的少数地方可以看出，这似乎是一处海港。在其中一处可以看到，有很多船正在装货或是卸货；在另一处则能看到成捆的物品和仓房；还有一个地方能看到墙壁和石柱，应该是巨大的宫殿或庙宇。而且，只要能看到灯光的地方，就能看到无穷的人群——成百上千的地底人。他们摩肩接踵，踏着柔软的步伐，在狭窄的街道、方正的广场和台阶上干着活。他们的举动发出了一种柔和的低低的声音，船离岸边越来越近了，但听不到歌声、吆喝声和车轮声。城市整体都很安静，而且几乎和一座蚁丘里面一样暗。

最后，他们的船来到一座码头，被拴紧在码头上。三位旅行者被带上岸，向城市行进。相貌千差万别的地底人在他们旁边，一起走在拥挤的街道上。微弱的灯光照在许多悲伤而奇特的脸上。没有人对这几个陌生人表示出好奇，每个地精似乎有多悲伤就有多忙碌，吉尔一

银椅子

直看不出他们到底在忙些什么,但身边仍然是不停的移动、推搡、匆忙和轻轻的脚步声。

最后,他们来到一座城堡模样的巨大建筑物前面,里面几乎没有亮着的窗户。他们被带进大门,穿过庭院,爬了很多级台阶,最终来到一间亮着暗淡灯光的房间。而在房间的角落里——啊!——是一条拱道,拱道里亮着不同的灯光,是真正的温暖的黄色灯光,和人类的灯光一样。被灯光照亮的,是拱道里的一道台阶,台阶在石墙之间盘旋向上。光似乎是从上方照下来的。两个地底人分别站在拱道入口的两边,像是哨兵或侍从。

守卫走到这两个人面前,说出了一句像是通关密码一样的话:

"很多人跌入地下世界。"

"能回到地面的几乎没有。"他们回答道,似乎这就是答语。然后,三个人把脑袋凑到一起说话,最后,两位地精侍从中的一个说道:"我告诉你吧,女王陛下离开,去执行伟大的任务了。在她回家之前,我们需要把这几个地上的居民扣押起来。能回到地面的几乎没有。"

这时，谈话突然被打断了，吉尔似乎听到了世界上最令人愉悦的声音。这声音从上方楼梯的顶端传来，是清晰、响亮的人类声音，一个年轻男子的声音。

"你们在下面闹什么呢，姆鲁古色鲁姆？"那个人喊道，"哈！是地上的人，把他们带到我身边来，赶快。"

"请殿下记得——"姆鲁古色鲁姆刚开口，就被上面的声音打断了。

"我这个殿下喜欢别人服从，你这个老啰嗦鬼。把他们带上来。"那声音说。

姆鲁古色鲁姆摇了摇头，示意旅行者们跟着他走上楼梯。每走一步，灯光都更亮一点。墙上挂着一些华丽的挂毯，金色的灯光从楼梯顶端透过薄薄的帘子射出来。地底人打开帘子，站到一边。三个人走了进去。他们身处一个漂亮的房间，里面挂着很多挂毯，干净的壁炉里点着明亮的火焰，桌上放着闪亮的红酒和雕花玻璃。一位金发的年轻男子站起来欢迎他们。他十分英俊，看上去果敢而善良，但他的脸上有着不太对劲的地方。他穿着黑色的衣服，整个人看起来有点像哈姆雷特。

银椅子

"欢迎,地上的居民们。"他高声道,"但请等一下!老天在上,我见过你们这两个漂亮的孩子,还有你,这位怪异的监护人! 在埃丁斯漠的边境之桥上见到的不正是你们三位吗? 我当时骑着马,跟在夫人身边。"

"哦……你就是那位沉默不语的黑衣骑士吗?"吉尔惊呼道。

"那位夫人就是地下世界的女王吗?"帕德尔格鲁姆问,他的声音并不友善。而斯克罗布和他想的一样,开口叫道:"如果那就是她,那么她把我们派到巨人的城堡真是太坏了,那些巨人想要吃掉我们! 我想知道,我们怎么惹她了?"

"怎么惹她了?"黑衣骑士皱着眉头说,"如果你不是这么年轻的一个战士,小子,你和我必须因为这场争吵决一死战。我听不得任何忤逆夫人的话。但你可以放心,无论她和你们说了什么,都是出于好意。你们不了解她。她集所有美德于一身:诚实、善良、忠实、温柔、勇敢,以及其他。我说的是真话。她对我的好,我无法报答,这真是一段美好的故事。你们之后会了解她、喜

纳尼亚传奇

欢她的。我倒想问，你们来地下王国干什么？"

还不等帕德尔格鲁姆阻止，吉尔就喊道："请求您的帮忙，我们在寻找纳尼亚走失的瑞廉王子。"话说出口后，她意识到自己冒了多么大的风险——这些人可能是敌人。但骑士不为所动。

"瑞廉？纳尼亚？"他心不在焉地说，"纳尼亚？那是什么国家？我好像听过这个名字。那一定很远，距离我了解的地上世界有一千里格[①]。但你们真是异想天开，竟来这儿寻找这个人。你们说他叫什么？比廉？特里廉？在夫人的国境内，据我所知，没有这样一个人。"他大笑着说出这些话。吉尔心想："他是不是有点傻？这就是他的脸看上去不对劲的原因吗？"

"我们得到任务，寻找城市废墟石头上刻的一条信息。"斯克罗布说，"然后我们就看到了'在我之下'几个字。"

这下子，骑士笑得更加开怀。"你们真是上当了。"他说，"这些文字对你们而言没有任何意义。如果你们

---

① 英国古老的测量单位，1里格相当于4.83公里。

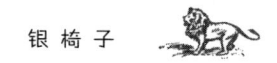

去询问夫人,她一定能给出更好的建议。因为这几个字其实是一句完整的话的一部分,这句话来自遥远的时代,她记得很清楚,这句话是:

虽然我现在在地下,无权无势,
但我活着的时候,一切土地都在我之下。

"显然,某位远古时代的巨人国王被葬在这里,他让人在自己的坟墓上刻下这句炫耀的话。但是时过境迁,有些石头破损了,有些被运走建造新房屋了,有些字母的痕迹被碎石填上了,现在便只能看见最后四个字了。你们以为这些字是写给你们的,这不是天大的笑话吗?"

这无疑是给斯克罗布和吉尔泼了一桶冷水,他们开始觉得,这些字很可能和他们的任务没有任何关系,他们到这里来完全是出于意外。

"你们不要理他。"帕德尔格鲁姆说,"不会是意外的。我们的向导是阿斯兰,巨人国王让人刻下这些字的时候,阿斯兰肯定也在,他一定预见到了所有与这些字有关的事情，包括我们的现在。"

"你们的这位向导一定活得很长，我的朋友。"骑士又用他的方式笑着这样说。

吉尔开始觉得他的笑声惹人厌烦了。

"那么在我看来，先生，"帕德尔格鲁姆答道，"这位夫人一定也活了很久，如果她记得这些字被刻下时的样子的话。"

"非常尖锐，你这个青蛙脸。"骑士拍着帕德尔格鲁姆的肩膀，再次笑着说，"你道出了真相。她来自神圣的种族，没有年龄，也不会死。她把她那无尽的慷慨给了我这样一个平凡的可怜人，我对她感激不尽。先生们，你们必须知道，我是一个遭遇了最奇特苦难的人，但只有尊贵的女王有耐心倾听。我是说耐心吗？但其实远不止如此。她承诺给我一座地面上的王国，让我成为国王，最最优雅的她则会嫁给我。但这个故事太长了，你们这样站着是听不完的。嘿，你们几个！拿些酒和地上生物的食物给我这些客人。先生们，请坐。小姑娘，坐在这张椅子上。你们会听到全部故事的。"

第11章　在黑暗的城堡中

食物被送来后(有鸽子肉馅饼、冷火腿、沙拉和蛋糕),所有人都把椅子拉到桌子旁边吃了起来。骑士继续讲道:

"朋友们,你们必须知道,我完全不记得自己是什么时候来到这个黑暗世界的,也不记得自己以前是谁了。在我全部的记忆里,我一直住在这位天使般的女王的宫殿里。我猜测,是她把我从恶毒的诅咒中拯救出来,极为慷慨地把我带到了这里(诚实的蛙脚人,你的杯子空了,请让我满上它)。我之所以又觉得这似乎不可能,是因为即使到了现在,我仍被魔咒束缚着,只有夫人能帮我解除。每天晚上都有那么一个小时,我的头脑会发生可怕的变化，我的身体也会变化。我会变得极为愤怒和疯狂，如果不把我绑起来，我可能会冲向我的朋友，杀掉他们。这之后，我会变成一条毒蛇的样子，饥饿、凶狠、致命（先生，恳求你，请再吃一口鸽子胸肉吧）。他们是这样告诉我的，显然，他们说的是实话，因为夫人也是这样说的。我自己一点记忆也没有，因为这一个小时过去后，我就会醒过来，完全忘记这场邪恶的发作，回归正常的形象和理智的头脑，只是感觉有些疲惫（小姑娘，吃一块蜂蜜蛋糕吧，这些蛋糕是从世界南边的荒蛮地带带回来的）。女王以她的方式已经知晓，一旦让我成为地上国家的国王并为我加冕，我就能从这一诅咒中解脱。她已经选好地方，等着我们破土而出。她手下的地底人正日日夜夜在那块地下面挖隧道，现在隧道已经向前向上延伸了很远，距离那个地上国家的居民们行走的草地已经只有不到二十英尺了。那片土地上的居民就快要完蛋了。女王本人现在正参与隧道挖掘，我正在等着与她会和。到那时，阻隔我与地上王国的那一块浅浅的土层将被冲破，有女王为我引导，一千个地底人在

银椅子

后面支援，我将武装着向前，突袭地上的敌人，斩首他们的领袖，摧毁他们的堡垒，二十四小时之内，我定能成为他们加冕的国王。"

"这些人可有点倒霉，不是吗？"斯克罗布说。

"你真是奇思妙想，思维敏捷！"骑士叫道，"我起誓，我从来没有考虑到这一点。我明白你的意思了。"有那么一会儿，他的脸上现出忧愁的表情，但是很短暂；他的表情很快就开朗起来。他又发出一阵笑声，大声说："但是管他呢！想想看，这些人好好地做些自己的事情，一点儿也想不到，在平静的地面之下，仅仅六英尺深的地方，有一支庞大的军队正准备破土而出，像洪水一样大举入侵，这难道不是世界上最滑稽可笑的事情吗？他们永远不会想到的！就连他们自己，在战败的痛苦过去以后，回想这件事时，也只会发笑的！"

"我觉得这一点也不好笑。"吉尔说，"我认为你是一个邪恶的暴君。"

"什么？"骑士说，仍然在笑着，并用一种很能惹恼人的方式拍了拍吉尔的头，"我们的小姑娘还是个政治家呢。但是不要害怕，宝贝。在治理那个国家时，我会完全遵从夫人的建议，她那时将是我的王后。她的话语就是我的律法，而我的话语将是被征服人民的律法。"

"在我自己成长的地方，"吉尔说，她越来越不喜欢这个骑士，"人们看不起被老婆指挥的男人。"

"等你有一个丈夫后，你一定会改变想法的，我向你保证。"骑士说，显然，他觉得这句话很有趣，"但夫人是另外一件事。我很愿意按她的话去生活，她已经一千次将我从危险中解救出来。女王对我的悉心照料，超过世上所有母亲照料孩子的程度。你们看，她在百忙之中，还时常陪我到地上世界去骑马，好让我适应外面的光线。不过，我必须全副武装，戴上面罩，不能让任何人看见我的脸，也不能和人说话。她以自己的魔法法力发现，这样我身上那可怕的魔咒才不会发作。这样一位女士难道不值得拥有一位男士的全部尊敬吗？"

"听起来，她真是一位非常善良的女士。"帕德尔格鲁姆说，但他的声调却表达着完全相反的意思。

晚饭还没吃完，三个人就已经厌倦了听骑士讲话。

银椅子

帕德尔格鲁姆心想:"我真想知道那个女巫到底在和这个愚蠢的小伙子玩什么把戏。"斯克罗布心想:"他真是个大宝宝,被牢牢地绑在那个女人身上,真是个傻瓜。"而吉尔心想:"他真是我许久以来见过的最蠢、最容易上当、最自私的蠢猪了。"然而,吃完饭后,骑士的情绪变了。他不再笑了。

"朋友们,"他说,"我失控的时间就要到了。我很不愿意让你们看到我那样,但我害怕自己一个人。他们很快就会进来,把我的手和脚绑在那边的椅子上。没办法,

必须这样办。他们说，我一旦发狂起来，就会摧毁能触及的所有东西。"

"我说，"斯克罗布开口道，"我对你被施咒这件事深表遗憾，但这些家伙来绑住你的时候，会对我们做什么呢？他们之前说要把我们扣押在牢里。我们可不喜欢那些黑暗的地方。我们宁愿在这里待着，等你……变好，如果可以的话。"

"你想得很有道理。"骑士说，"通常除了女王外，没有人会在我发作的时候陪在我身边。她很体贴，为了保护我的名誉，不会让除她以外的别人听到我发狂时说的话。但恐怕我很难说服那些地精侍从，让他们允许你们陪着我。我想我现在已经听见轻轻的上楼声了。穿过那扇门吧，里面是我其他的房间。你们在那里等我，他们把我松绑后我就过去；或者，你们愿意的话，在我发狂时，回到这里来待在我身边。"

他们听从了他的指点，走入一道之前没有发现的门，出了这个房间，他们很高兴地发现，自己没有由此进入黑暗之中，而是来到一道明亮的走廊里。他们试着开了

银椅子

好几扇门,发现有洗漱用的水和穿衣镜。"他在饭前都没有请我们洗漱一下。"吉尔擦着脸说,"真是头自私自大的猪。"

"我们是回去看他发作的样子,还是留在这里呢?"斯克罗布问。

"我提议留在这里。"吉尔说,"我不想看那场面。"但同时,她心里也有些好奇。

"不,我们回去。"帕德尔格鲁姆说,"我们也许可以获得一些信息,我们知道的越多越好。我敢肯定,那个女王是个坏女巫,是我们的敌人。那些地底人一看见我们就会把我们敲晕。这片土地散发着危险、谎言、魔咒和背叛的气味,比我此前闻到的都要强。我们必须眼观六路、耳听八方。"

他们沿着走廊往回走,轻轻推开了之前的那扇门。"是安全的。"斯克罗布说,他的意思是没地底人在场。于是,他们都回到了用晚餐的那间屋子。

大门现在关闭着,他们之前穿过的那道门帘也被挡在门外。骑士正坐在一把怪异的银椅子上,他的脚踝、膝盖、手肘、手腕和腰全都被绑在这把椅子上。他的额头上冒着汗珠，脸上满是痛苦。

"进来吧，朋友们。"他迅速抬起头，说，"我还没有开始发作。不要出声，因为我告诉那个爱打探的侍卫，你们已经睡着了。现在……我感觉那力量来了。快！趁我意识还清醒，听我说。等我发作的时候，我可能会恳求你们给我松绑，并且会软硬兼施。他们是这样说的。我会用最美好和最恶劣的语言呼唤你们。但别听我的。心硬一点儿，把耳朵堵上。我被绑着的时候，你们才安全。如果我离开了这把椅子，那么我先是会陷入狂怒，然后——"他不禁抖了一下，"就会变成丑陋的毒蛇。"

"不用担心，我们不会给你松绑。"帕德尔格鲁姆说，"我们可不希望面对野蛮人，也不希望面对毒蛇。"

"我想也是。"斯克罗布和吉尔附和道。

"不过，"帕德尔格鲁姆悄悄说，"我们不能太确定。还是提高警惕。我们之前把事情都搞砸了，你们知道的。他一旦发作，也许会很狡猾，这我毫不怀疑。我们之间可以互相信任吗？我们要保证，无论他说什么，我们都

不会松开绳子？注意，无论他说什么。"

"当然！"斯克罗布说。

"他无论说什么、做什么，我都不可能改变主意。"吉尔说。

"嘘！有变化了。"帕德尔格鲁姆说。

骑士开始呜咽。他的脸色如死灰一般苍白，身体在绳子里扭曲蠕动。吉尔不知道是因为觉得他可怜，还是出于其他原因，此刻，她觉得他不如之前那样讨厌了。

"啊……"他咕哝道，"魔咒……魔咒，黑魔法那密集的、扭曲的、冰冷的、湿黏的网啊。被活埋。被拖到地下，进入一片漆黑当中……有多少年了？我在这个深坑里活了十年还是一千年了？身边都是蛆虫一样的人。哦，可怜我吧。让我出去，让我回去。让我吹吹风，看看天空……有一个小池塘的。你往里面看，就能看到树在水中倒着生长，绿色的树，树的下面是深深的深深的蓝天。"

他一直用低沉的声音说着，而现在，他抬起头，盯着他们，用清晰而洪亮的声音说：

"快！现在我清醒了。每天晚上我都会清醒过来。只要我摆脱这张施了魔法的椅子，我就会一直清醒，成为一个真正的人。但他们每天晚上都把我绑起来，所以我一直没有机会。但你们不是敌人。我不是你们的囚犯。快！把绳子切断。"

"要坚定！稳住！"帕德尔格鲁姆和两个孩子说。

"我请求你们，听我说。"骑士说，努力让自己平静下来，"他们是不是告诉你们，只要我从这张椅子上挣脱，就会杀掉你们，变成一条毒蛇？从你们的反应中，我看出来，你们听过这些话。这是谎言。在这个小时里我的头脑是清醒的，在一天的其他时间里，我才是被魔法迷惑的。你们不是地底人，也不是女巫，为什么和他们站在一边？请你们切断我的束缚吧。"

"稳住！稳住！"三个旅行者互相提醒说。

"哦，你们真是铁石心肠。"骑士说，"相信我，你们面前这个不幸的人遭受了比世上所有人都要多的苦难。我对你们做了什么，你们要和我的敌人站在一边，让我承受这样的痛苦？时间正在不断流逝。现在你们还可

以救我，但这一小时过去后，我又会变得愚笨，又将成为一个玩具、一条哈巴狗，不，更像是人质和工具，受制于最邪恶的摧残人类的黑巫师。今晚，难得她不在这里！你们正在剥夺我难得一遇的机会。"

"这太难受了。不知道我们能不能袖手旁观到他发作结束。"吉尔说。

"稳住！"帕德尔格鲁姆回答。

这位囚犯的声音变得尖厉起来："听我说，让我走。把我的剑给我。我的剑！一旦我自由，我将向地底人复仇，地下世界将传颂千年！"

"他开始狂怒了。"斯克罗布说，"我希望那些绳结足够结实。"

"是的。"帕德尔格鲁姆说，"他如果现在自由了，将拥有比平时多一倍的力量。我又不太会用剑。毫无疑问，他会把我们两个都杀掉，那样就剩下波尔一个人来面对毒蛇了。"

囚犯现在全力想要挣脱束缚，那些绳子都嵌进了他的手腕和脚踝里。"要小心。"他说，"要小心。有一天晚上我挣脱了束缚，但那时女巫在场。今晚没有她在这里帮助你们。放了我，我将成为你们的朋友，否则我就会是致命的敌人。"

"他真狡猾，是不是？"帕德尔格鲁姆说。

"我请你们一劳永逸地把我放了吧。"囚犯说，"以所有恐惧和爱的名义，以地上世界明朗天空的名义，以伟大的狮王阿斯兰的名义，我请你们——"

"哦！"三个旅行者就像受了伤一样地叫道。"这是指示的内容。"帕德尔格鲁姆说。"这和指示的内容一样啊。"斯克罗布更为谨慎地说。"哦，我们该怎么办呢？"吉尔说。

这是个难办的问题。他们之前承诺过彼此，无论如何不能帮骑士松绑，现在他刚提到他们心中在意的名字，他们就要违背诺言吗？但另一方面，他们背熟了指示却不去遵守，这有什么意义呢？但是，阿斯兰真的想让他们解开一个疯子的束缚，只因为这个疯子以他的名义请求吗？这会不会只是一个巧合？万一地下世界的女王得知了这些指示，让骑士记住阿斯兰这个名字，只

为了让他们陷入陷阱呢？但万一，这真的就是指示的内容呢？……他们已经搞砸三个指示了，不敢再次失手。

"哦，如果我们知道就好了！"吉尔说。

"我想我们现在知道了。"帕德尔格鲁姆说。

"你是说如果我们把他松绑，就能得到想要的结果？"斯克罗布问。

"这我不确定。"帕德尔格鲁姆说，"你知道，阿斯兰没有告诉波尔会发生什么，只告诉了她要怎么做。我毫不怀疑，他一旦站起来就会害死我们，但这也不能阻挡我们按照指示来行事。"

他们都瞪大了眼睛看着彼此。这是个煎熬的时刻。"好吧！"吉尔突然说，"我们赶紧照办吧。再见了，大家！"他们互相握了握手。此刻，骑士已经在喊叫了，他的脸颊上全是汗。

"来吧，斯克罗布。"帕德尔格鲁姆说。他和斯克罗布拔出剑，走向人质。

"以阿斯兰的名义。"他们说着，开始有条不紊地切断绳子。囚犯自由的一瞬间，便一跃而起，穿过房间，拿起自己的剑（这把剑原本被从他身上拿走，放到桌子上），并拔了出来。

"第一个就是你！"他喊着，冲向了那把银椅子。这一定是把非常好的剑，因为当它的剑锋砍过去时，银质的椅子就像线一样被轻松切断了。不一会儿，椅子就变成了在地面上闪闪发光的碎片。然而当椅子破裂时，里面传出一道明亮的闪光，还有一道像是打雷的声音，有一瞬间，还有一股难闻的气味。

"躺在那里吧，邪恶的魔法器具。"他说，"除非你的女主人还要用你害另一个人。"然后，他转过身来，看着自己的救命恩人，他脸上那不对劲的东西，不管是什么，现在已经烟消云散了。

"怎么？"他喊道，转向帕德尔格鲁姆，"我面前难道不是一个沼泽人吗？一个真的、活着的、纳尼亚的沼泽人？"

"哦，所以你是听说过纳尼亚的了？"吉尔说。

"我被咒语困住时忘了纳尼亚吗？"骑士问，"不过，所有这些魔咒都结束了。你们可以相信，我当然知道纳

尼亚，因为我是瑞廉，纳尼亚的王子，伟大的凯斯宾国王是我的父亲。"

"尊贵的殿下，"帕德尔格鲁姆单膝跪地说（两个孩子也做出同样的动作），"我们来这里的唯一目的就是寻找您。"

"你们又是谁，我另外的拯救者？"王子对斯克罗布和吉尔说。

"我们是被阿斯兰从世界的尽头派来寻找殿下的。"斯克罗布说，"我是曾和他航行到拉曼杜岛的尤斯塔斯。"

"我欠你们三个的，我永远无法报答。"瑞廉王子说，"但我的父王呢？他还活着吗？"

"王子，在我们离开纳尼亚之前，国王又向东远航去了。"帕德尔格鲁姆说，"但殿下要想到，国王年纪已经很大了。十有八九，他会在这次旅途中去世。"

"你说他已经很老了。那我落入这个女巫的魔掌已经多久了？"

"殿下在纳尼亚北边的森林里消失，已经是十多年前的事了。"

"十年了！"王子说，他用手摩挲着自己的脸，似乎想把过去的时间抹掉,"没错,我相信你们。现在我已经恢复真实的身份。我记得自己被施咒的过程,只不过之前在魔咒之下,我忘了自己到底是谁。现在,亲爱的朋友们——等一下!我听见他们上楼的脚步声了。那种软乎乎的脚步声多让人恶心啊!孩子,把门锁上。不,开着门,我有个更好的主意。如果阿斯兰赐我智慧,我要愚弄这些地底人。按我的指示行事。"

他坚定地走到门口,把门大大地打开了。

第12章　地下王国的女王

两个地底人走进门,但他们没有踏进房间,而是分别站在房门两侧,深深地鞠着躬。紧跟在他们后面的,是所有人此刻最不想见到的人:穿绿长袍的女士,地下王国的女王。她在门口一动不动地站着,他们能看出她的眼珠不停地转动,试图理解屋内的情形:有三个陌生人,银椅子被毁掉了,王子自由了,手里还握着他的剑。

她的脸色变得非常苍白,但吉尔以为,她这种苍白是出于愤怒,而不是出于恐惧。有那么一会儿,女巫盯着王子,眼中透出杀意。但随后,她改变了主意。

"退下吧。"她对那两个地底人说,"直到我叫人之前,无论如何不要让人打扰我们。"地精们顺从地踏步走开了。女巫女王关上门，并闩上门闩。

"怎么了，我的王子殿下。"她说，"你的夜晚发作还没有出现吗？还是已经结束了？你怎么没有被捆起来，而是站在这里？这些陌生人是谁？是他们把这把椅子毁掉了吗，要知道，这是你唯一的安全保障。"

当她说话时，瑞廉王子不禁打了个寒战。这很容易理解，一个被魔咒奴役了十年的人很难在半个小时里彻底摆脱这种影响。然后，他费了很大的功夫才开口说道：

"夫人，这把椅子已经不需要了。而你，你和我说过不下一百次，看到我受魔咒的控制是多么心疼。无疑，你会很高兴地得知，这些咒语已经彻底消失了。似乎你之前对付这些咒语的方法有些错误。这几位我真正的朋友解救了我。现在我的头脑非常清醒，我有两件事想对你说。第一，你曾经计划让我率领一支地底人军队，冲出地面去到地上世界，用武力占领从来没有伤害过我的国家，还要谋杀他们的君主，让我做一个嗜血的篡君登上王位；现在我头脑已经清楚了，我坚决反对并痛恨这种行为，我认为这完全是邪恶的。第二，我是纳尼亚的

王子瑞廉,是凯斯宾十世、人称航海家凯斯宾的独生子。因此,夫人,我的目标,也是我的责任,是离开你的宫廷,回到我自己的国家。请你保证我和我朋友们的安全,并派一名向导带我们离开你的黑暗国境。"

女巫没有说话,而是轻轻地穿过房间。她的面孔和目光一直正对着王子,毫不偏移。她来到墙边靠近壁炉的位置,那里有一个嵌进墙里的柜子。她打开柜子,拿出一把绿色的粉末。她把粉末投进炉火之中,粉末并没有发出剧烈的火焰,但散发出一股甜腻催眠的味道。在接下来的谈话过程中,这味道越来越浓,充满了房间,让人难以思考。然后,她拿出一件很像是曼陀林的乐器。她开始用手指弹奏这件乐器,使用的是一种持续、单调的弹拨方式,让人在听到声音几分钟后才会注意到。但越是不注意,这声音越是容易进入人的大脑和血液,让人难以动脑筋思考。弹了半天乐器后,屋子里的香气也变浓了。这时,她才用甜蜜轻柔的声音说话。

"纳尼亚?"她说,"纳尼亚? 在殿下发狂的时候,我总是听见你说这个名字。亲爱的王子,你现在病得不轻。并没有一个地方叫纳尼亚。"

"不，有的，女士。"帕德尔格鲁姆说，"要知道，我一辈子都住在那里。"

"真的吗？"女巫说，"请你告诉我，那个国家在哪里？"

"在上面。"帕德尔格鲁姆坚定地说，手指着头顶，"具体在哪里，我——我不清楚。"

"怎么可能呢？"女王问，并发出友善、轻柔、音乐般的笑声，"我们上面的石块和屋顶中有一个国家吗？"

"不是的。"帕德尔格鲁姆说，有些呼吸苦难，"是在

地上世界。"

"哦，那么你说的这个……地上世界对吗……在哪里，是什么样子呢？"

"哦，别装傻了。"斯克罗布说，他一直努力地与香味和音乐声里的魔法对抗着，"就像你不知道一样！就在地面上，你在那里能看到蓝天、太阳和星星。你自己不是也去过地上吗？我们就是在那里见到的你。"

"小兄弟，请你原谅。"女巫再次笑着说，你很难听到像她那样可爱的笑声，"我对这件事一点印象也没有。我们做梦的时候，常常在各种奇怪的地方遇到自己的朋友。除非大家做过一样的梦，不然你没法要求朋友记得你的梦境。"

"夫人。"王子严肃地说，"我已经和你说了，我是纳尼亚国王的儿子。"

"亲爱的朋友，我相信，"女巫用安抚的语气说，就像在哄孩子一样，"在你的幻想里，你还是许多国家的国王。"

"我们也去过那里。"吉尔突然说。她非常生气，因为她感到自己正逐渐受到魔法的控制。当然，她还能感觉到魔法的存在，说明魔法的效力还没有完全发挥。

"那么，我敢说，你一定就是纳尼亚的女王了，亲爱的。"女巫继续用耐心而取笑的声音说。

"不是你说的那样。"吉尔急得直跺脚，"我们是从另一个世界来的。"

"哦，这个游戏比刚才的更有趣了。"女巫说，"小姑娘，告诉我们，这个另外的世界在哪里？从那里到我们这里来，要坐什么样的船和马车呢？"

吉尔的脑中涌入很多事物：实验学校、阿黛拉·潘尼法泽、她自己的家、收音机、电影院、汽车、飞机、购物配额册、人们排的队。但这些东西似乎都很暗淡、很遥远。女巫还在不停地弹拨乐器。吉尔记不得我们这个世界事物的名称了。而这时，她已经意识不到自己正被施法了，因为魔法已经发挥了全力。当然，受魔法控制越深，就越会觉得自己完全没中魔法。吉尔不知不觉带着放松的心情答道：

"是啊，我想另外一个世界可能是我梦见的。"

"是的，那只是一场梦。"女巫弹着琴说。

"只是一场梦。"吉尔说。

"那个世界从来没有存在过。"女巫说。

"是的。"吉尔和斯克罗布说，"那个世界从来没有存在过。"

"除了我的世界，没有其他世界。"女巫说。

"除了你的世界，没有其他世界。"他们说。

帕德尔格鲁姆仍在努力抵抗："我不知道你们说的世界到底指什么。"他像一个呼吸困难的人那样说，"但就算你把手指都弹掉了，我也不可能忘记纳尼亚，还有整个地上世界的。我毫不怀疑，我们再也不能回去了，要我说，你可能已经把外面遮蔽起来，变得和这里面一样黑暗了。一定是这样。但我知道，我曾经属于那里，我见过满天的繁星，我见过朝阳从海岸线上升起，晚上在山后落下，我也见过太阳午间时高挂在天空上，明亮得无法直视。"

帕德尔格鲁姆的话起到了振奋人心的作用。另外三个人又能呼吸了，像是大梦初醒的人一样，看着彼此。

"这就对了！"王子喊道，"当然了！阿斯兰保佑着这位诚实的沼泽人。过去的这几分钟里，我们都陷入了梦境。我们怎么能忘记呢？当然，我们都见过外面的太阳。"

"老天啊，就是这样！"斯克罗布说，"做得好，帕德尔格鲁姆！我要说，你是我们当中唯一拥有理智的人。"

女巫的声音又传来了，这一次，她的声音像是下午三点钟一座老花园的榆树上传来的林鸽的叫声，她说："你们说的太阳是什么呀？这个词有意义吗？"

"是的，当然有意义。"斯克罗布说。

"能和我说说它是什么样子吗？"女巫问着，手上仍然不停地弹拨着乐器。

"您听我说吧。"王子礼貌而冰冷地说，"看看那盏灯。它是圆形的，挂在房顶上，用它的光照亮整个房间。我们所说的太阳就像这盏灯，不过要大得多、亮得多。它挂在空中，能照亮整个地上世界。"

"它挂在什么上呢，我的王子？"女巫问。当他们思考该如何回答这个问题的时候，她便用银铃般的轻柔笑

声补充道:"看见了吗? 当你们试图搞清楚这个太阳到底是什么的时候,发现自己根本没法回答。你们只能告诉我,它就像是灯。你们的太阳是一个梦境,这个梦境的全部概念都来自灯。只有灯是真实存在的,太阳只是骗孩子们的故事罢了。"

"是的,我明白了。"吉尔用沉重而绝望的语气说,"一定就是这样。"当她这样说的时候,她觉得自己的头脑是非常理智的。

女巫缓慢而庄重地重复道:"没有太阳。"其他人没有说话。她又用更轻柔、更深邃的声音说,"没有太阳。"片刻暂停之后,他们几个都在头脑中挣扎了一下,他们四个人一起说:"你是对的。没有太阳。"放弃坚持,将这句话说出来,他们觉得松了口气。

"从来就不存在太阳。"女巫说。

"是的,从来就不存在太阳。"王子、沼泽人和两个孩子一起说。

在刚才的这几分钟内,吉尔一直感觉到有一样东西是她无论如何也要记住的。现在她想起来了。但要把这

说出口非常困难,她感觉自己的嘴唇似乎有千斤重。最后,她使出了仅存的一丝力气,开口说道:

"还有阿斯兰。"

"阿斯兰?"女巫问道,轻微地加快了弹拨乐器的节奏,"多么好听的名字啊! 这是什么意思?"

"他是伟大的狮子,是他把我们从自己的世界召唤出来的。"斯克罗布说,"他派我们到这里寻找瑞廉王子。"

"狮子是什么?"女巫问道。

"哦,得了吧!"斯克罗布说,"你难道不知道? 我们怎么和你形容呢,你见过猫吗?"

"当然了。"女王说,"我非常喜欢猫。"

"嗯,狮子有一点——注意,只是有一点,像一只大猫,而且长着鬃毛。不过不是马的那种鬃毛,你知道,更像是法官戴的发套,而且是金色的毛。狮子非常强壮有力。"

女巫摇了摇头。"我明白了。"她说,"你们说的这个狮子并不比你们说的太阳更有意义。你们看见了灯,就幻想出一个更大更亮的灯,把它叫作太阳;你们又根据

银椅子

自己见过的猫，幻想出一种更大更强壮的猫，把那叫作狮子。嗯，这个假想很可爱，但说实话，如果你们年龄再小一点，这样的幻想可能更合适。而且发现了吗，你们的假想都是以真实的世界，也就是我这个世界里的东西作为原型的，因为其实只有这一个世界。但即使你们两个是孩子，玩这一套年龄也有点大了。而你，我的王子殿下，你已经是个成年人了，多丢人啊！你不为这样的孩子气感到羞耻吗？行了，你们所有人，收起这套孩童的把戏吧。在真实的世界里，我给你们准备了事情做。没有纳尼亚，没有地上世界，没有天空，没有太阳，也没有阿斯兰。现在都去睡觉吧。明天让我们更理性地生活。但现在，睡觉吧，枕着软软的枕头在床上沉沉地睡上一觉，别去做愚蠢的梦。"

王子和两个孩子一直低头站着，他们的脸颊绯红，眼睛半闭着，身上已经没有力气了，魔法就要在他们身上发挥全效了。但帕德尔格鲁姆拼尽全力走到炉火的旁边，做了一件非常勇敢的事情。他知道，因为自己长着鸭子一样带蹼的硬脚（而且他一直赤脚行走），脚上没有多少血液，所以可能不会像人类一样感觉疼，但他猜这样做应该也会疼得够呛，而事实证明，正是如此。他用赤裸的脚踩炉火，把大部分的火踩成了灰，平铺在壁炉里。有三件事同时发生了。

第一件事，那种浓重的香味变淡了许多。虽然火没有完全被踩灭，但是已经所剩不多，现在空气中主要的味道变成沼泽人被烧焦的气味，这并不是一种迷惑人心的味道。所有人的头脑立刻清醒了许多。王子和孩子们重新抬起头，睁开眼睛。

第二件事，女巫放弃了她一直使用的甜美声调，换上一种响亮而吓人的声音，说："你在做什么？你要再敢碰我的火，泥巴人，我就让你身上的血燃烧起来！"

第三件事，帕德尔格鲁姆因为疼痛，头脑一瞬间非常清醒，他知道自己到底是怎么想的了。要除掉魔法，遭受剧痛无疑是非常好的办法。

"让我说句话，女士。"他说，从火边走回来，因为疼痛而一瘸一拐，"让我说句话。我不怀疑你说的一切都很对。我这个人一向愿意了解事情最坏的情况，再努

力乐观地面对。所以我不会去否认你的观点。但即便如此，还有一点我想要说明。假使我们真的只是梦见或者编造了我们说的那些事物，无论是树木、青草、太阳、月亮、星星，还是阿斯兰，假使真是如此。那么我只想说，在这样的情况下，编造出来的东西比所谓真实的东西重要得多。假使你这个黑暗的深坑王国是唯一真实的世界，那我觉得这个世界相当可怜。仔细想想，这件事颇为可笑。如果你说得对，我们只是孩童在玩游戏而已，但四个孩童所创造的游戏世界就能完全胜过你这个空虚的世界。所以，我要坚守这个游戏世界；我要站在阿斯兰一边，即使没有阿斯兰；我要尽力像纳尼亚人那样生活，即使没有纳尼亚。所以，谢谢你慷慨地提供晚餐。如果这两位先生和年轻的小姐准备好的话，我们现在就要离开你的宫廷，在黑暗中出发，用一生来寻找地上世界。我想我们的生命不会很长了，但如果世界真的像你说的那般乏味，这也没有什么可惜的。"

"哦，说得太好了！了不起的帕德尔格鲁姆！"斯克罗布和吉尔欢呼。王子突然喊道："小心！快看女巫。"

他们看过去,感觉汗毛倒立。

乐器从女巫的手中跌落了。她的手臂似乎被绑在了身体的两侧,她的双脚消失了,双腿缠绕到了一起。她那长长的绿色裙摆开始变厚变硬,似乎和她在裙内那缠绕在一起的绿色双腿合成了一体。那绿色的下肢开始卷曲扭动,就像没有关节,或者有无数个关节。她的头仰到很后面的位置,鼻子变得越来越长,脸上其他的部分似乎消失了,只留下眼睛。这双眼睛变得巨大而通红,没有了眉毛和睫毛。把这个过程写下来要花些时间,但是发生的当下似乎只是一眨眼的事。他们几个还来不及做任何事情,她的变身就完成了:女巫变成了一条巨大的毒蛇,浑身是剧毒的绿色,和吉尔的腰一样粗。它把自己那可憎的身体在王子的双腿上缠了两三圈,并且以迅雷不及掩耳之势,又要再缠一圈,想把王子拿剑的手束缚起来。王子及时做出反应:他举起双手,没有被缠住。那动物只好在他胸口上又缠了一圈,它收紧身体,想要把王子的肋骨像柴火一样折断。

王子用左手握住这动物的脖子,试着把它掐到窒息

而亡。这样的姿势下,蛇的脸(如果那算是一张脸的话)距离王子的脸只有五英寸左右。它分叉的舌头可怕地伸进伸出,但是够不到他。王子用右手拿剑,往后举起,做好砍出致命一击的准备。与此同时,斯克罗布和帕德尔格鲁姆也拔出自己的武器,冲过去帮助王子。三把剑同时砍了下去:斯克罗布砍到了王子手下面的蛇身上,不过没有刺穿蛇皮,没有造成伤害;但王子和帕德尔格鲁姆都砍中了蛇的脖子。虽然他们没有杀死它,但让它松开了瑞廉的腿和胸口。他们又不断地砍去,终于砍下了它的脑袋。这可怕的怪物死了,但身子仍然像一根线一样,扭曲移动了许久,还把地面弄得脏污不堪。

王子终于喘过气来,说:"先生们,谢谢你们。"三个胜利的人气喘吁吁地看着彼此,这样一言不发了很久。吉尔很明智地坐了下来,同样保持安静,心里想:"我希望不要晕倒或是哭出来,或做其他的蠢事。"

"我母后的仇终于报了。"王子随后说,"这无疑就是我很多很多年前在纳尼亚森林的泉水边上追杀无果的那条蛇。这些年来,我一直给我的杀母仇人做奴隶。先生

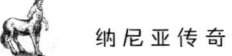

们，我很高兴，这个邪恶的女巫最后变成了蛇形，如果她还是一个女人的样子，无论我的良心还是我的荣誉感都无法允许我杀掉她。我们忘了我们的小姐。"他是指吉尔。

"我很好，谢谢你。"她说。

"小姑娘，"王子对她鞠了个躬，说，"你很有勇气，因此，我毫不怀疑，你在自己的世界也出身于高贵的家族。但来吧，朋友们。这里还有些酒。让我们清醒一下，致敬自己的伙伴，然后部署我们的计划。"

"绝佳的主意，先生。"斯克罗布说。

第13章　没有女王的地下世界

所有人都觉得，他们争取到了斯克罗布所说的"喘口气"的时间。女巫锁了门，告诉地底人不要打扰他们，所以目前没有被人打断的风险。他们的首要任务当然是处理帕德尔格鲁姆烧伤的脚。他们将王子的几条干净衬衫撕成布条，在里面涂上餐桌上的黄油和沙拉油，这些正适合敷在伤口上。包扎完成后，他们都坐下来休息了一下，然后便开始讨论如何从地下世界逃走。

瑞廉解释说，能够到达地面的出口有很多，每次出去，他都被从不同的口带到地上。但他总是和女巫一起去地上，从来没有自己走过，并且他每次都是乘一艘船驶过无日之海来到出口那里的。如果他没有女巫在身边，而是带着三个陌生人，来到港口说想要订一艘船的话，谁也不知道那些地底人会作何反应。最可能的情况是，他们会问些让人难堪的问题。另一方面，那个新的出口，为入侵地上世界而准备的出口，就在海的这一边，距离这里只有几英里。王子知道这个出口几乎已经挖好了，隧道和外面的新鲜空气之间只隔着几英尺的距离。甚至有可能，此刻这个出口已经完成了，也许女巫回来就是要告诉他这个消息，让他发起进攻的。即使没有完成挖掘，只要他们能顺利地到达那里，并且隧道尽头没有人把守，他们再花上几小时，大概也能挖出去，但这样的条件不太容易达到。

"如果你问我——"帕德尔格鲁姆开口，但被斯克罗布打断了。

"我说，"他问，"那是什么声音？"

"我已经好奇了有一阵子了！"吉尔说。

事实上，他们都听见了这个声音。因为声音在慢慢地变响，没人知道自己到底是在哪个时刻注意到了这个声音。一开始，它只是像轻风一样的小动静，又或是非

常遥远处的行车声。然后声音渐渐变大，近似于海浪的低语声。再然后是轰隆隆的响声。而现在，似乎有很多的人语声，以及一阵非人类的持续的吼声。

"天啊，"瑞廉王子说，"似乎这片沉默的土地终于有了自己的声音。"他起身，走到窗户旁边，拉开了窗帘。其他人也挤到他身边，向外看去。

他们注意到的第一件事是一道巨大的红光。这道光映照在地下世界的洞顶上，在距他们接近几千英尺的上方映出一块红色的区域，于是，他们第一次看见了岩石形成的洞顶，这洞顶很可能从地下世界诞生之日就隐藏在黑暗之中。光是从城市的另一边传过来的，因此许多庄严宏伟的建筑逆着光矗立着。不过，这道光同时照亮了许多条从光源到城堡的道路。在这些路上，奇怪的事情出现了。成群结队、沉默不语的地底人消失了，三三两两的人影在四处逃窜，就像是害怕被人看见一样。他们躲在石墙的角落里，或是躲在门洞中，然后匆忙地跑过开阔地带，来到下一个躲藏点。但对于了解地精的人而言，最奇怪的地方在于他们发出了声音。四面八方都

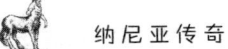

传来了呼喊声。而从港口的方向，则传来一阵低沉的隆隆的吼叫，这叫声越来越响，整座城市开始摇晃起来。

"地底人怎么了？"斯克罗布说，"是他们在喊吗？"

"这不太可能。"王子说，"在我漫长的囚禁生涯中，我从来没有听过这些低等动物大声说过话。我敢说是其他的邪恶生物。"

"那边的红光又是怎么回事？"吉尔问，"是着火了吗？"

"如果你问我，"帕德尔格鲁姆说，"我觉得那是地底中心的火焰正在爆发，要形成一座新的火山。我们会身处火山之中，我毫不怀疑。"

"看那艘船啊!"斯克罗布说,"它怎么行驶得这么快? 没有人在划桨啊。"

"看啊,看啊!"王子说,"船已经来到港口,正朝我们这一边靠近,它正在路上行驶! 这些船都开进城市里了! 我敢说海平面一定上升了。大洪水来了。阿斯兰在上,还好这座城堡建得很高。但水涌进的速度还是快得可怕。"

"哦,到底是怎么回事呀?"吉尔哀号道,"又是火焰又是洪水,还有路上到处逃窜的那些人。"

"我来告诉你吧。"帕德尔格鲁姆说,"那个女巫设下了一系列的魔咒,一旦她被杀死,她的整个王国就会在同时毁灭。她是不介意和自己的仇人同归于尽的那种人,只要仇人能被烧死、淹死或被活埋,她自己也不太怕死。"

"说得很对,沼泽人朋友。"王子说,"当我们用剑砍掉女巫的头时,这一击就破除了她所有的魔法,因此地下王国现在开始毁灭了,我们正在见证地下世界的末日。"

"就是这样,先生。"帕德尔格鲁姆说,"不过也有可能，这是整个世界的末日。"

"那我们就在这里——等着吗？"吉尔问。

"我不建议干等着。"王子说，"我要去救我的马黑炭，还有女巫的马白雪（这是匹高尚的动物，值得拥有一个更好的主人）。这两匹马都在庭院里。这之后，我们轮班去高处寻找出口，希望能够找到一个。必要时，一匹马可以驮两个人，如果用全力跑的话，应该可以超过洪水上涨的速度。"

"殿下不穿上您的铠甲吗？"帕德尔格鲁姆问。他指着下面的街道说，"我不喜欢他们的样子——"他们一起往下看，几十个生物正从港口那边朝这里走来（现在可以看出这些显然就是地底人）。他们似乎不是在漫无目地的漫游，而是像一支准备进攻的现代军队，他们时而疾行，时而掩护自己，希望能不被城堡窗户里的人发现。

"我不敢再回到那副铠甲里面了。"王子说，"穿着它行动，就像身处一个移动的地牢之中，那上面满是魔咒和奴役的味道。但我可以拿上盾牌。"

王子离开了房间，片刻之后，他回来了，眼中带着

银椅子

奇异的光芒。

"看啊，朋友们，"他一边说，一边把盾牌举起来给他们看，"一个小时前，这块盾牌是黑色的，没有任何装饰，而现在却是这样。"盾牌变成了闪亮的银色，上面有一个比血和红樱桃还要鲜红的图案，是一头狮子。

"毫无疑问，"王子说，"这说明阿斯兰会引导我们，无论前方是生存还是死亡之路。生或死在这里并不重要。现在，我建议，我们都单膝跪地，亲吻阿斯兰的形象，然后彼此握一握手，就像要短暂分别的挚友那样。然后，我们下楼进入城市之中，面对属于我们的冒险。"

他们都按照王子说的做了。当斯克罗布与吉尔握手时，他说道："再见，吉尔。对不起，我一直表现得胆小又易怒。我希望你能安全回家。"而吉尔说："再见，尤斯塔斯。对不起，我一直像个烦人精。"这是他们第一次互称对方的名字，因为在实验学校，人们只叫彼此的姓。

王子打开房门，他们都走下楼梯。吉尔握着一把刀，另外三个人各自握着一把剑。侍卫已经消失不见，楼梯下面那间大厅空荡荡的。昏暗的灰色灯光仍然亮着，靠着这些灯，他们顺利地走过一道道走廊，穿过一段段楼梯。现在，离开最顶端的房间以后，城堡外面的动静就没有那么清楚了。房子里的一切都死寂而荒凉。他们来到一楼，正准备转弯进入大厅时，遇见了第一个地底人——一个皮肤发白的肥胖生物，长着像猪一样的脸，正在吞食桌上残留的食物。这动物发出一声很像猪的尖叫，冲到了一把长椅下面，并挥动着收回自己的长尾巴，恰好没有让帕德尔格鲁姆抓住。然后，它从大厅另一边的门冲了出去，快得让他们无法跟上。

他们都出了大厅，来到庭院里。吉尔在学校放假时曾学过骑马，于是她注意到了马厩的味道（在地下世界里，这是一个让她感觉舒适、怀念的家的味道）。这时，尤斯塔斯说："天啊，快看！"在城堡后面的某处，一束壮观的火束升到了半空，然后炸裂成了绿色的星星。

"是烟火！"吉尔困惑地说。

"是的。"尤斯塔斯说，"但这些地底人放烟火肯定不是为了娱乐！这一定是某种信号。"

"我敢肯定，这对我们不是好事。"帕德尔格鲁姆说。

"朋友们。"王子说,"当一个人踏上我们这样的冒险之旅时,他必须放弃所有的希望和恐惧,否则无论死亡或得救都会来得太晚,无法挽救他的荣誉或理智。哦,我的美人们啊——(他正打开马厩的门)我的兄弟姐妹!黑炭,老实些;白雪,轻一点儿!我没有忘了你们。"

两匹马都被奇怪的光和声音吓得够呛。吉尔之前一直很害怕在洞穴与洞穴之间的黑洞穿行,而现在,她却大胆地走到了这两个跺脚喷气的动物中间,她和王子两个人只用几分钟便为马配好了鞍和缰绳。当马儿走到庭院里时,它们显得很神气,仰着头。吉尔爬到白雪背上,帕德尔格鲁姆坐在她身后。尤斯塔斯爬到了黑炭背上,坐在王子的身后。然后,随着响亮的马蹄声,他们骑出了大门,来到街道上。

"往好的方面看,我们不太容易被烧死了。"帕德尔格鲁姆说,指着他们的右边。在不到一百码的地方,洪水正拍打着房屋的墙壁。

"要勇敢!"王子说,"那边的路是陡峭向下的,水只到城市里最高的山的一半高。最开始的半小时，水可能会涨得很快，但接下来的两个小时，水位都不会再涨多少。我更担心的是——"说着，他用剑指向了一个非常高大的地底人，他长着野猪般的尖牙，身后跟着六个身型各异的地底人，他们从侧面的街道冲出来，隐藏在房屋的阴影中，完全看不见他们的身影。

王子领着他们，一路向闪耀的红光前行，但方向微微向左偏离一点。他的计划是绕过火焰到达高地（如果那道红光是火焰），以期待找到新挖的出口。和其他三个人不同，王子似乎在享受这场冒险。他一边骑马，一边吹口哨，并断断续续地唱着一首关于阿钦兰王国的霹雳拳击手科林的古老歌谣。事实上，他太高兴自己能摆脱长期的魔咒了，和所有的危险比较起来这都像是一场游戏。但其他人觉得，这段路程可怕至极。

他们身后是船只碰撞和纠缠的声音，以及房屋倒塌的轰隆声；头上是照亮地下世界穹顶那片鲜红的光；前方则是那神秘的光源，体积似乎没有扩大。同样的方向还传来持续的骚动，有喊声、笑声、尖叫声，还有低吼

声。各种样式的烟火升入黑暗的天空。没人知道这意味着什么。在他们身边，城市的一部分被红光点亮了，而另一部分则被地精那完全不同的昏暗灯光照亮。但还有许多地方没有被任何一种光照亮，仍是漆黑一片。地底人的身影就在这些地方之间奔跑移动，他们的眼睛一直盯着几位旅行者，想让自己在旅行者们的视线以外。他们的脸有的大有的小，有的长着鱼一样的大眼睛，有的长着熊一样的小眼睛。在不同人的身上能看到羽毛、硬毛、尖角、尖牙、像鞭绳一样的鼻子和跟胡子一样长的下巴。不时会有一组地底人聚在一起，而王子则会挥舞自己的剑，作势要进攻他们。这些生物则会一边发出各种尖鸣、尖叫或是咯咯声，一边重新躲入黑暗中。

当他们向上攀登过许多条街道，已经远离洪水，几乎离开了中心的城市时，处境却变得更危险了。他们现在靠近了红光，几乎已经和光源一样高，但仍看不出那到底是什么。不过借助这道光，他们可以更清楚地看到敌人：成百上千的地精正向光源移动，他们蜂拥而上，每次停下来时，都转身面向旅行者们。

"如果王子殿下问我，"帕德尔格鲁姆说，"我要说，这些家伙是打算挡住我们的去路。"

"我也是这样想的，帕德尔格鲁姆。"王子说，"这么多人我们是很难杀过去的。听着，我们往前骑到那座房子的旁边去，等到了那里，你们就躲进房子的阴影里，我和小姐继续往前走几步。这些恶魔一定会跟着我们，我们身后会有很多人。可以的话，你就在他们经过你埋伏的地方时，用你的长手活捉住一个，我们可以好好问问他，他们到底在做什么，对我们有何打算。"

"但其他的地底人会不会全都冲上来救我们抓住的那一个？"吉尔试着用平静的声音问道。

"如果是那样的话，小姐，"王子说，"你会看到我们誓死保护你，而你也必须让狮子看到你是好样的。来吧，好帕德尔格鲁姆。"

沼泽人像一只猫一样，迅速地溜进阴影之中，其他人则继续艰难地向前走了一两分钟。突然，他们身后爆发出一系列让人血液凝固的叫声，其中混着熟悉的帕德尔格鲁姆的说话声："好了！不要叫，否则你就要受伤

了，明白吗？别人会以为这里在宰猪。"

"真棒！他抓住了。"王子喊道，立刻将黑炭掉头，回到房子的角落，"尤斯塔斯，"他说，"请帮个忙，牵住黑炭。"然后，他下了马。他们三个人安静地看着帕德尔格鲁姆把捉到的猎物从黑暗中拿到光亮中。这是一个可怜的小地精，大概只有三英尺高，头部有一条隆起，就像是硬的鸡冠，长着粉红色的小眼睛，嘴和下巴又大又圆，整个脸看上去就像一头倭河马。如果不是身处险境，看到这样一张脸，他们肯定要爆笑的。

"好了，地底人。"王子站在囚犯的边上，用剑指着他的脖子说，"做个诚实的地精，老实交代，我们就放你走。要是耍花招的话，你就必死无疑了。好帕德尔格鲁姆，你这样抓住他的嘴，让他怎么说话呢？"

"是，这是为了不让他咬人。"帕德尔格鲁姆说，"如果我的手像你们人类那样软弱无用（殿下您的除外），我现在就浑身是血了。即使是沼泽人，被咬也是够烦的。"

"小子，"王子对地精说，"你敢咬一口就死定了。帕德尔格鲁姆，把他的嘴松开吧。"

"哦，咦，咦。"地底人尖叫道，"让我走，让我走，不是我，不是我做的。"

"什么不是你做的？"帕德尔格鲁姆说。

"凡事几位大人以为我做的，我都没做。"这生物回答。

"告诉我，你叫什么。"王子说，"你们地底人这一整天在干什么？"

"哦，大人们，求你们，善良的先生们。"地精呜咽道，"请保证你们不会把我说的话告诉女王陛下。"

"你所说的女王陛下已经死了。"王子严肃地说，"我把她杀死了。"

"什么！"地精呼喊道，因为惊愕，它那滑稽的嘴张得越来越大，"死了？女巫死了？是您亲手杀死了她？"然后，他无比轻松地呼了一口气，补充道，"那么大人您是位真正的朋友！"

王子把剑收回了大概一英寸。帕德尔格鲁姆让这个家伙坐直了。他用闪闪发光的红眼睛环视着四位旅行者，笑了一两声，开始了讲述。

第14章 世界底部

"我的名字叫格尔格。"地精说,"我把我知道的都告诉几位大人。大概一个小时前,我们都在做自己的工作,或者应该说是她的工作,我们悲伤而沉默,正如这些年来每天做的事一样。然后传来一声巨大的撞击声,所有人听到后都对自己说:'我已经很久很久没有唱过歌、跳过舞、说过俏皮话了,这是为什么?'每个人都心想:'我一定是中魔咒了。'接着每个人又对自己说:'我真不知道干这些力气活是为了什么,我不要再干了,到此为止。'于是,我们扔下了自己的麻袋、包袱和工具。每个人都转身看着远处的巨大红光,心想:'那是什么?'然后每个人回答自己说:'那是真正的地下王国敞开的一个裂口，温暖的光是从那里传来的，那里比这里还要深上一千英寻[1]。'"

"老天啊。"尤斯塔斯感叹道，"更下面还有陆地？"

"是的，大人。"格尔格答道，"那里是非常美好的地方，我们把它叫作比斯姆国。我们现在身处的女巫的国家被我们称为浅国。这里距离地面太近，并不适合我们。唉！在这里的感觉简直就和在陆地上面生活没什么区别。你知道，我们都是比斯姆的地精，是被女巫用魔法召唤到这里给她干活的。但我们完全忘记了这一点，直到那声巨响打破了魔咒。我们此前已经不知道自己是谁，属于哪里。除了她向我们脑中传输的东西，我们什么也做不了，什么也思考不了。而她这些年来给我们的都是死气沉沉的精神。我几乎已经忘了怎么开玩笑或跳吉格舞。但是当响声传来，地面裂开，海平面上升，我们的记忆都回来了。当然，我们所有人都想立刻出发，赶快顺着裂缝下去，回到自己的家。你们看见他们在那边，

---

[1] 英寻，测水深单位，1英寻约1.8米。

银椅子

都在扔石子、拿大顶来玩耍。如果大人们让我加入他们，我会感激不尽的。"

"我觉得这简直太棒了。"吉尔说，"我真高兴，砍掉女巫的头时我们不仅救了自己，也解放了这些地精！我真高兴，他们并不真的那么可怕而阴沉，不比王子本人更阴沉——我是说表面上。"

"这些都很好，波尔。"帕德尔格鲁姆谨慎地说，"但是那些地精在我看来不像只是在逃跑。要我说，他们看起来更像一支部队。你看着我的眼睛，格尔格先生，告诉我，你们没有在准备作战吗？"

"我们当然在准备作战，大人。"格尔格说，"你瞧，我们不知道女巫已经死了。我们还以为她会从城堡往外看。我们在努力不被发现地溜走。然后，你们拿着剑、骑着马冲出来，当然每个人都心想，完蛋了。我们不知道王子已经不和女巫站在一边。我们做好了准备，战斗至死也要回到比斯姆去。"

"我敢发誓，这是个诚实的地精。"王子说，"放了他吧，好帕德尔格鲁姆。至于我，好格尔格，我像你和你的伙伴们一样，也被施了法，刚刚才想起自己是谁。而现在，还有一个问题，你知道怎么去那些新挖掘的隧道吗——女巫本来打算从那里冲出地面进攻地上世界？"

"咦，咦，咦！"格尔格尖声叫道，"是的，我知道那条可怕的路。我可以带你去隧道的入口，但大人千万别让我和你们一起在里面前进，我宁愿死了。"

"为什么？"尤斯塔斯不安地问，"有什么那么可怕？"

"那里离外面，也就是地上太近了。"格尔格说着，打了个寒战，"那是女巫对我们做的最可怕的事。我们本来要被带出去，来到地上世界的。他们说那里一点遮蔽都没有，上方只有一片可怕又巨大的开放空间，叫作天空。隧道挖掘得已经很接近了，只需要再用铲子撬上几下就能出去了。我不敢靠近那里。"

"太棒了！真是好消息！"尤斯塔斯喊道。吉尔说："但上面并不是那么可怕，我们喜欢那里，我们就住在那里。"

"我知道你们这些地上人住在那里。"格尔格说，"但我以为，这是因为你们找不到通往地下的道路。你们怎

么会喜欢那样呢——像苍蝇一样附着在地球表面走来走去！"

"还是赶快带我们去那条路吧？"帕德尔格鲁姆说。

"是时候了。"王子大声说。这支队伍出发了。王子重新骑上自己的坐骑，帕德尔格鲁姆又坐到了吉尔身后，格尔格在前面带路。他一边走，一边喊着好消息：女巫已经死了，这四个地上人不是敌人。听到这消息的地精又把消息传给别人，几分钟后，整个地下王国都充斥着欢呼声，成百上千的地精跳跃着，转动着手推车，倒立着，跳起山羊，放起爆竹，有的还过来拥抱黑炭和白雪。王子不得不重复了至少十遍被施魔法的故事。

就这样，他们来到了裂缝的边上。这条缝大概有一千英尺长，两百英尺宽。他们下了马，走到裂缝边上往下看，感觉到一股很强的热气冲到他们的脸上，这热气还带着一股他们从没闻过的味道，又浓又刺激，让人忍不住打喷嚏。裂缝下面太过明亮，他们一开始被晃得什么也看不见。而习惯后，他们看到，那下面有一条岩浆河流，河两岸似乎是炽热而闪耀的田地和树丛——虽然和河流比起来它们要暗一些。下面的颜色是蓝色、红色、绿色和白色混在一起的，午间的阳光直射过一面精致的雕花玻璃时，大概就会呈现出这样的颜色。数百个地底人正沿裂缝那崎岖的边缘向下爬，他们的身影逆着下面的光，看上去就像黑压压的一片苍蝇。

"大人们。"格尔格说（当他们回头看他的时候因为环境一下子变黑，所以有几分钟他们什么也看不见），"大人们，你们不来比斯姆吗？在那里你们会快乐得多，远好过地上那冰冷、裸露、危险的国度。至少下来参观一下吧。"

吉尔一开始理所当然地认为他们没有人会听从这个主意。让她害怕的是，她听到王子说：

"说实话，好格尔格，我有些想和你一起下去。因为这将是场伟大的冒险，很可能从没有另一个地上的人能够探访比斯姆，以后也不会有。多年以后，若想到我曾有机会进入地球的最深处却放弃了，我不知道会作何感想。但人能在下面生存吗？你们难道不是在岩浆河里面游泳吗？"

银椅子

"哦,不,大人,我们不这样做。能在岩浆里生存的只有火蜥蜴。"

"你说的火蜥蜴是什么生物?"王子问。

"很难说清它们的外貌,大人。"格尔格说,"它们太热太亮了,没办法直视。不过它们基本上就像小号的火龙。它们从火里面和我们说话。它们的舌头十分灵巧,它们的话语流利而智慧。"

吉尔匆忙看了一眼尤斯塔斯,想确定他是否比自己更害怕从那道裂缝往下滑。看到他的脸色发生改变,吉尔的心沉了下去——他此刻看上去更像瑞廉王子,而不像实验学校的斯克罗布了。因为他回想起了以前的冒险,以及和凯斯宾国王的航行。

"殿下,"他说,"如果我的朋友老鼠雷普奇普在这里,他会说我们现在要是拒绝去比斯姆探险,将是对我们名誉的极大损害。"

"在下面,"格尔格说,"我可以给你们看真正的金子,真正的银子和真正的钻石。"

"胡说!"吉尔粗鲁地说,"就好像我们不知道一样,最深的矿井也没有这里深。"

"不是的。"格尔格说,"我听过你们地上人叫作矿井的那种土坑似的小洞。但是你们在那里挖到的只是死金、死银、死珠宝。在比斯姆,我们有活的、在生长的金银珠宝。我可以在那里给你们摘取几把能吃的红宝石,给你们榨一杯钻石汁喝。如果你们品尝过比斯姆活生生的宝藏,就不会对你们那些浅井里的死珠宝感兴趣了。"

"我的父王曾到过世界的尽头。"瑞廉沉思地说,"如果他的儿子能到世界的底端,那该是一件多美妙的事。"

"如果殿下想趁您的父亲活着时见到他,"帕德尔格鲁姆说,"我们现在就该出发前往出口了,我想国王会希望这样的。"

"不管怎么说,我是不会下到那个洞里面的。"吉尔说。

"哦,如果几位大人真的准备回到地上世界的话,"格尔格说,"那条路上有一段比这里还深呢,如果洪水还在上涨的话——"

"哦,我们走吧,走吧,走吧!"吉尔恳求道。

银椅子

"恐怕只能这样了。"王子深深地叹了口气说,"但我的心已经有一半留在比斯姆了。"

"快走吧!"吉尔恳求道。

"路在哪里?"帕德尔格鲁姆问。

"沿路都有灯。"格尔格说,"大人们可以在裂缝的那一边看到道路的入口。"

"这些灯会亮多久?"帕德尔格鲁姆问。

就在这时,一阵嘶嘶的炙烤声般的话语从下方的比斯姆深处响起,就像火本身的声音一样(事后他们回想,觉得那可能是火蜥蜴的声音)。

"快!快!快!到崖边来,到崖边来,到崖边来!"那声音说,"裂缝就要合上了,要合上了。快!快!"与此同时,随着震耳欲聋的碰撞声和碎裂声,岩石开始移动了。当他们看去的时候,裂缝已经越变越小了。来迟的地精正从四面八方赶着进去,他们已经等不及沿着岩石攀爬下去,而是直接扑进去。不知道是因为下方传上来的热气太强,还是因为其他什么原因,这些地精就像落叶一样盘旋着向下飞去。空中的地精越来越密集,直到他们黑乎乎的身影完全遮住了岩浆河流和活着的珠宝树林。"再见了大人们,我要回去了。"格尔格喊道,然后跳了进去。在他后面只剩几个人了。裂缝变得只有一条小溪那么窄,然后像邮筒的投递口一样窄,然后变成了一条闪亮的线。再然后,裂缝合上了,伴随着一阵剧烈的摇晃,就像一千辆货物列车撞上了一千条缓冲带。那种火热的令人发狂的味道消失了。旅行者们被单独留在地下世界,这里看上去比之前还要黑得多。暗淡、微弱、沮丧的灯光指向了通往隧道的方向。

"来吧。"帕德尔格鲁姆说,"有可能我们已经在这里停留太久了,但还是试试看吧。我毫不怀疑,那些灯五分钟内就会熄灭。"

他们让马慢跑起来,沿着尘土飞扬的路,优雅而快速地前进。但没走几步,路就开始往下走了,如果不是看到在低谷的另一端有灯光继续向上方延伸,他们可能会以为格尔格带错了路。但是在谷底,可以看到灯光照在流动的水面上。

"快。"王子喊道。他们骑马向下飞奔。如果他们再

银椅子

晚个五分钟,事情就糟糕了,因为洪水此刻正沿着水道不断涌入谷底,如果他们不得不游泳渡过,两匹马很可能无法通过。但还好,现在,水只有大概一两英尺高,虽然流水不断冲刷着马腿,他们还是安全抵达了谷底的另一端。

然后,他们开始了缓慢而劳累的上坡之行,前方没有任何参照物,只有望不到头的暗淡灯光一路向上延伸。当他们回头看时,发现水上涨了不少。地下世界所有的小山现在都成了岛屿,只有这些岛上的灯光还亮着。每

一刻都有一盏遥远的灯熄灭。很快，除了他们走的这条路，周围将陷入完全的黑暗，而在他们身后更低的路上，虽然还没有灯光熄灭，但灯光已经照在了水面上。

虽然他们有充足的理由快速赶路，但马匹一直行路而不休息是不行的。于是他们停了下来。在寂静中，他们听到水的拍打声。

"我在想，不知道那位叫什么的，时间老人，是不是已经被淹没了。"吉尔说，"还有那些睡着的奇怪动物。"

"我觉得我们所在的地方没有那么高。"尤斯塔斯说，"你不记得我们怎么往下走才到达了无日之海吗？我认为水面应该还没淹到时间老人的洞穴。"

"可能是这样。"帕德尔格鲁姆说，"我对路上那些灯更感兴趣。看上去挺昏暗的，不是吗？"

"这些灯一直这样。"吉尔说。

"是的。"帕德尔格鲁姆说，"但现在它们比之前绿了。"

"难道你是想说它们要熄灭了？"尤斯塔斯喊道。

"嗯，不论它们是怎么发光的，也不可能一直亮着，你知道。"沼泽人答道，"不过不要灰心丧气，斯克罗布。

我也一直在留意水面,我觉得水涨得没有刚才快了。"

"安慰有限,我的朋友。"王子说,"如果我们找不到出去的路。我请求你们原谅我,由于我的自大和幻想,导致我们在比斯姆的入口耽搁了。现在,我们继续骑马前进吧。"

在接下来的大概一个小时中,吉尔有时觉得帕德尔格鲁姆关于灯的说法是对的,有时又觉得只是心理作用。而脚下的路无疑在变化。他们已经非常接近地下世界的穹顶,即使在那昏暗的灯光下,他们也看得出来。地下世界那巨大而崎岖的墙壁正从两边靠近。这条路事实上正将他们引入一条隧道。他们一路看到了铁镐、铁锹、桶和其他说明最近有人在这里挖掘的证明。如果确保能出去,这些都是很鼓舞人心的。但一想到要进入一个越来越窄的洞,并且很难走回头路,他们还是感到不太舒服。

最终,穹顶变得极低,帕德尔格鲁姆和王子的脑袋不停地撞在上面。几个人下了马,牵着马走。这里的道路高低不平,每走一步路都需要小心探索。因此,吉尔

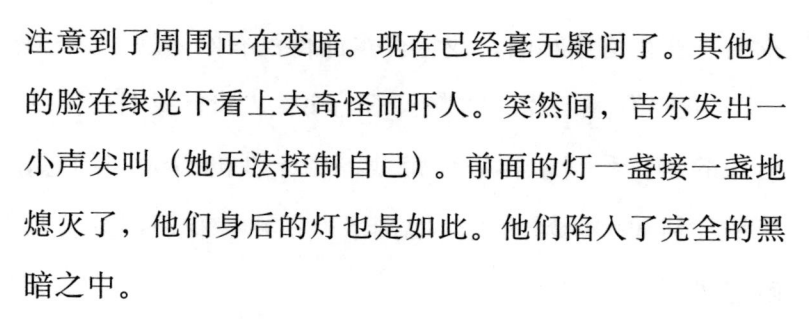

注意到了周围正在变暗。现在已经毫无疑问了。其他人的脸在绿光下看上去奇怪而吓人。突然间,吉尔发出一小声尖叫(她无法控制自己)。前面的灯一盏接一盏地熄灭了,他们身后的灯也是如此。他们陷入了完全的黑暗之中。

"要勇敢,朋友们。"瑞廉王子的声音响起,"无论生或死,阿斯兰都指引着我们。"

"说得没错,先生。"是帕德尔格鲁姆的声音,"你们必须记住,被困在这下面有一个好处:省了葬礼的费用了。"

吉尔闭口不言(如果不想让人发现你有多害怕,这永远是一个明智的选择,因为声音会透出你的恐惧)。

"与其站在这儿,我们还不如继续往前走。"尤斯塔斯说。吉尔听出他声音中的颤抖,知道自己忍着没出声是多么明智。

帕德尔格鲁姆和尤斯塔斯在前面走,他们把手伸到面前,担心撞到什么东西上面。而吉尔和王子跟在后面,牵着马。

银椅子

"我说,"过了很久后尤斯塔斯的声音响起,"是我眼花了,还是上面有一块亮光?"

还不等任何人回答,帕德尔格鲁姆先叫道:"停下。我已经走到头了,面前是泥土,不是岩石。你说什么,斯克罗布?"

"以狮子的名义,"王子说,"尤斯塔斯是对的。那里确实有——"

"但那不是阳光。"吉尔说,"只是一种冷淡的蓝色光。"

"不过总比没有光好。"尤斯塔斯说,"我们能到那上面去吗?"

"它并不在我们头顶上。"帕德尔格鲁姆说,"是从上面我碰到的这道墙里面发出的。这样如何,波尔,你先爬到我肩膀上,看看能不能爬到那里?"

第15章 吉尔消失了

那一块光亮并不能照亮他们下方的任何东西。其他人无法看见吉尔的动作,只能听见吉尔是如何试图爬上沼泽人的背的。而他们听见的方法是通过帕德尔格鲁姆的话:"不需要把手指抠到我的眼睛里面。""也不用把脚放进我嘴里。""现在差不多了。""现在,我扶住你的腿,这样你就可以用胳膊扶着墙。"

然后,他们向上看去,很快就看到了吉尔脑袋的黑影抵在那块亮光上面。

"怎么样?"他们焦急地喊道。

"这是一个洞。"吉尔的声音叫道,"如果我能再往上一点,就可以爬进去。"

"从洞口往里面看有什么?"尤斯塔斯问。

"还看不到什么。"吉尔说,"我说,帕德尔格鲁姆,放开我的腿,我坐在你的肩膀上不够高,让我站在你的肩膀上吧。靠着墙我可以保持平衡。"

他们听见她移动的声音,然后看到她大部分身子挡住了微亮的开口——一直到腰。

"我说——"吉尔刚刚开口,声音就突然中断,变成了一声呼喊。不是响亮的呼喊,似乎她的嘴被捂住了,或是被塞进了什么东西。这之后她又可以说话了,似乎在尽全力呼喊,但他们听不到她喊什么。同时发生了两件事——第一,那块亮光有一阵子被完全挡住了;第二,他们听到扭打和挣扎的声音,以及沼泽人的惊呼声:"快!帮忙!抓住她的腿。有人在拽她。那儿,不是,是这儿!太晚了!"

那个洞口和里面那冰冷的光又重新出现了。但吉尔消失了。

"吉尔!吉尔!"他们疯狂地喊道,但是没有回应。

"你为什么不握住她的脚?"尤斯塔斯说。

"我不知道，斯克罗布。"帕德尔格鲁姆嘟哝着说，"我不怀疑我生来就没用。命中注定我会害死波尔，就像命中注定我要在哈尔方吃那头会说话的鹿。当然，这里也有我自己犯的错。"

"这真是我能想到的最大不幸和奇耻大辱。"王子说，"我们把一位勇敢的女士送入了敌人手中，自己却安全地躲在后面。"

"别想得那么糟糕，先生。"帕德尔格鲁姆说，"我们并不太安全，有可能饿死在这个洞里。"

"我在想，以我的个子能不能像吉尔一样爬进那个洞？"尤斯塔斯说。

吉尔身上真正发生的事情是这样的：吉尔把脑袋伸进洞里后，发现自己像是从楼上的窗户往下面看，而不是透过天窗往上看。她在黑暗中待了太久，眼睛无法瞬间看清所有东西，只知道她看见的不是期待中阳光灿烂的白日世界，而是淡淡的蓝光和似乎非常冰冷的空气。外面还有很大的动静，空中有很多白色的东西在飞舞。就在这时，她向帕德尔格鲁姆喊话，要站在他的肩膀上。

银椅子

她站起来后，便可以看得更清楚、听得更清楚了。她听到的声音事实上有两种：一种是十几只脚有节奏的跺地声，另一种是四把提琴、三支竖笛和一只鼓的合奏声。她也进一步弄清楚了自己所在的位置。她正在透过一座堤岸上的洞口向下看，堤岸陡峭地斜着延伸到下面大概十四英尺的地方。下面一切都是白色的，许多人在四处移动。吉尔吸了一口气！那些人原来是美丽的半羊人，以及有着树叶形成的飘逸头发的树神。有一瞬间，他们似乎显得是在随意移动，但随后吉尔看出他们其实在跳一种舞，舞步和动作非常复杂，要花上一些时间才能看懂。她突然一下子醒悟过来，那淡淡的蓝色光其实是月光，而地上的一片白色是积雪！可不是嘛，寒冷的黑色夜空中有星星在闪耀着，跳舞的人群身后那高高的黑色影子是树林！他们不仅终于来到了地上世界，而且直接到达了纳尼亚的中心！吉尔感觉自己兴奋得要晕倒了，而那音乐，那狂野的、极度甜美又有一点怪异的音乐，让她的这种感觉更强烈了。这音乐的魔力就和女巫弹琴施展的邪恶魔法一样强。

把所有这些讲出来要花上很久，但是亲眼看的话，只要一小会儿就都明白了。吉尔几乎立刻就转过身去，和其他人大喊："我说！没问题了！我们已经出来了，我们回家了。"但她的话之所以停在了"我说"，是因为下面的原因：在舞者们的身边，有一圈矮人在不停地绕圈，他们都穿着自己最好的行头，多数是鲜艳的红衣服，披着毛皮缀边的披风，装饰着金色的流苏，脚上穿着大大的带毛长筒靴。他们绕圈行进的同时，还不停地扔着雪球。这些雪球就是吉尔看到的在空中飞的东西。他们并不是像英国愚蠢的男学生那样，朝舞者们扔这些雪球，而是在舞蹈进行中随着音乐，在一些非常精准的时刻以非常精准的角度将雪球扔出去，如果舞者们都在对的时间站在对的位置上，那么没有人会被雪球砸到。这场表演叫作盛大的雪球舞，在纳尼亚每年第一个地上有雪、天上有月光的夜晚举行。当然，这个舞蹈表演也有游戏的成分，因为不时会有某个舞者出一点小差错，被雪球砸到脸上，这时大家都笑起来。但是如果舞者、矮人和音乐演奏者们都状态良好，可能连续几个小时都不会有

人被砸。有时候,在晴朗的夜晚,当凛冽的空气与鼓声、猫头鹰的叫声,以及月光都进入美妙的状态中时,森林的血液会进一步激发这种状态,使舞蹈一直持续到破晓。我真希望你有机会亲眼看看。

吉尔没能说完"我说"后面的话,是因为舞蹈中的矮人从对面扔过来一颗大大的雪球,正好砸进吉尔的嘴里。她并不生气,这时候就算有二十颗雪球也无法熄灭她的兴奋之情。但无论多么高兴,嘴里塞满了雪也没办法说话。她往外咳了半天后,终于又可以说话了,她兴奋得忘了其他人还站在她身后下面的暗处,并不知道这个好消息。她只顾从洞口把身子探出去,对舞者喊话:

"救命!救命!我们被埋在山里了。来把我们挖出去吧。"

纳尼亚的居民们之前完全没有注意到山坡上那个小小的洞,此刻非常惊讶。他们向各个错误的方向望了半天,终于发现声音是从哪里传来的。当他们看到吉尔的时候,所有人便一起朝她跑来,许许多多的人爬上了堤坝,十几双手一起向她伸去,试图帮助她。吉尔抓住这些手，就这样从洞口爬了出去，然后头朝下滑到了坝底。吉尔站了起来，说：

"哦，请去把其他人也挖出来吧。除了马匹以外，还有三个人。其中一个就是瑞廉王子。"

她说这句话时，已经被一大群人围在了中间，除了舞者们，其他本来在欣赏舞蹈的人也都跑了过来——她刚才都没有注意到这些人。松鼠成群地从树林里冲了过来，猫头鹰也是如此。刺猬用自己的短腿尽全力摇摇摆摆地跑了过来。熊和獾以更慢的速度跟在后面。一只漂亮的黑豹兴奋地抖着尾巴，最后加入了人群。

当他们明白了吉尔说的话后，所有人都行动起来。"去拿锄头和铲子，小伙子们，锄头和铲子。快出发！"矮人们说完，便以极快的速度冲进了森林。"把鼹鼠叫醒，它们是挖洞的高手！它们干起活来和矮人一样有用。"一个声音说。"她说瑞廉王子怎么样了？"另一个声音说。"嘘！"黑豹说道，"这孩子肯定是疯了，这也难怪，她在山里迷路了这么久。她不知道自己在说什么。""没错。"一头老熊说，"她竟然说瑞廉王子是匹马！""不，

她没有这么说。"一只松鼠不客气地说。"她就是这么说的！"另一只松鼠更加不客气地说。

"是——是——是真的。别——别——别犯傻。"吉尔说。她这样说话是因为她的牙齿因寒冷而打战。

一个树神立刻给吉尔围上一件披风，这是某个矮人冲去找自己挖矿的工具时掉在地上的；一个乐于助人的半羊人小跑到树林中间，吉尔看到那里有一处山洞，里面亮着火光，半羊人为她拿了一杯热饮。半羊人回来之前，所有的矮人就已经带着镐和锹冲到了山脚下。吉尔听到有人喊道："嘿！你在干什么？把剑放下。""听我说，小伙子，别这样。""他脾气可真坏，不是吗？"吉尔赶到现场，看到了尤斯塔斯的脸，她不知道是该笑还

是哭。尤斯塔斯的脸又苍白又脏，他从漆黑的洞口里探出身来，右手挥舞着一把剑，朝任何一个靠近他的人猛戳。

当然，尤斯塔斯在过去的几分钟里经历了与吉尔完全不同的事情。他听见了吉尔的喊叫，看见她消失在未知之中。他和王子与帕德尔格鲁姆一样，认为是有敌人抓住了她。他站在洞口下面，看不出淡淡的蓝色光亮是月光，以为这个洞口通往另一个洞穴，而这鬼祟的磷光是地下世界里另一些天晓得是什么的邪恶生物点亮的。因此，当他请求帕德尔格鲁姆背自己上去，拔出了剑将头探出洞口时，这番举动实在是极为勇敢的。其他两个人如果可以，也会毫不犹豫地这样做，但洞口对于他们实在太小了，无法爬过去。尤斯塔斯比吉尔个子大一点，行动也要笨拙许多，当他探出头去的时候，他撞到了洞口的顶端，把一些雪震了下来，雪落在了他的脸上。当他又可以看清后，他看到十几个身影朝他拼命跑过来，毫无疑问，他会想要把他们赶走。

"停下，尤斯塔斯，停下。"吉尔叫道，"他们是我们的

银椅子

朋友。你看不出来吗？我们来到纳尼亚了。一切都很好。"

这时，尤斯塔斯发现了这一点，于是他向矮人们道歉。当然，矮人们说不介意，并且有十几个矮人伸出了又厚又多毛的手，像几分钟前帮助吉尔那样把他拉了出来。然后吉尔爬上了堤坝，把头伸进黑暗的洞口，把好消息告诉了里面被困着的人。当她转回身的时候，她听到了帕德尔格鲁姆的低语："可怜的吉尔。刚才这一下子，她承受了太大的打击。她头脑不清楚了，我毫不怀疑。她开始出现幻觉了。"

吉尔又来到尤斯塔斯身边。他们握住彼此的双手摇了摇，深深地呼吸着午夜自由的空气。有人给尤斯塔斯拿来一件取暖的斗篷，还给他们两个都端来了热饮。他们喝着的时候，矮人们已经把山坡上洞口旁边的积雪和草皮除掉了一大圈，他们的镐和锹愉快地飞舞着，就像十分钟前半羊人和树神跳舞的脚步一样。竟然只是十分钟之前！而此刻，吉尔和尤斯塔斯已经觉得他们在地下的黑暗、充满热气和逼仄环境中的危险只是一场梦了。在这冰冷的外面，在月亮和巨大星星的下方（纳尼亚和星星的距离比我们的世界近很多），身边围绕着快乐和友好的脸，很难想象真的存在地下世界那样的地方。

他们还没喝完热饮，有十几只鼹鼠到了，他们刚刚被叫醒，仍然很困，心情十分不好。但他们一了解了是怎么回事，就热情地加入工作当中。半羊人也发挥了作用，他们用小小的手推车运送挖下来的泥土。松鼠兴奋地舞蹈，上蹿下跳着，不过吉尔一直不懂他们到底在干什么。熊和猫头鹰满足于给出建议，并且一直问孩子们要不要和他们到洞穴里去（就是吉尔看到有火光的地方）取暖，吃点晚饭。但孩子们在见到自己的朋友们得救之前不愿意离开。

在我们的世界里，没有人能把这份工作干得像纳尼亚的矮人们和会说话的鼹鼠们那样好。不过，鼹鼠和矮人并不把这当成工作。他们喜欢挖掘。因此，他们没有花很久的时间就在山坡的侧面挖开了一条很大的黑色裂缝。而从黑暗中走到月光下的——如果不认识他们，可能会觉得有点吓人——先是个子很高、双腿很长，戴着尖帽子的沼泽人，然后便是牵着两匹马的瑞廉王子。

银椅子

当帕德尔格鲁姆出现时，四面八方都传来喊叫声："这不是沼泽人吗——等一下，是老帕德尔格鲁姆——东边沼泽来的老帕德尔格鲁姆——帕德尔格鲁姆，你去做什么了？——有寻人队伍去找你了——特鲁普金到处贴告示，找到你还有奖金！"但这些声音在一瞬间都消失了，四周完全沉默下来，这种沉默就像是一个吵闹的宿舍被校长打开门后的反应，因为他们看到了王子。

没有人对他的身份有哪怕一瞬间的疑问。有很多动物、树神、矮人和半羊人都记得他被施魔咒之前的日子。有一些年龄比较大的居民只记得他的父亲，凯斯宾国王年轻时候的样子，并在瑞廉王子身上看到了相似之处。但我想，无论如何，他们都会知道他是谁的。尽管他由于长期被囚禁在地下王国变得脸色苍白，而且穿着黑色的衣服，风尘仆仆，蓬头垢面，劳累不堪，但他的脸庞和气质之中有一种绝不会被认错的东西。他的脸上有着纳尼亚真正王者的神情，他是能够以阿斯兰之名统治国家，在凯尔帕拉维尔城堡里坐在至尊王彼得的王座上的人。

瞬间，所有人都脱下帽子，单膝跪地；片刻后，爆发出不同寻常的欢呼和喊叫声，不同寻常的蹦跳和舞蹈，不同寻常的所有人之间的握手、亲吻与拥抱，这一切让吉尔热泪盈眶。他们在远征中付出的代价都是值得的。

"如果殿下愿意的话，"最年长的矮人说，"前面的山洞里正在准备晚饭，是准备雪球舞结束后吃的——"

"我很愿意，老爹。"王子说，"我想，从来没有任何一个王子、骑士、贵族，也没有任何一头熊像我们四个流浪者今晚这样胃口大开。"

整个人群开始穿过树林，朝山洞移动。吉尔听到帕德尔格鲁姆对挤在身边的人说："不，不，我的故事可以晚点再讲。我身上没有发生什么值得谈论的事情。我倒想听听这边的消息。不用拐弯抹角地说，我想一次知道清楚。国王的轮船失事了吗？森林有没有失火？卡乐门边境上没有战争吗？我毫不怀疑，有火龙入侵吧？"所有的动物都大笑着说："这可不就是一个沼泽人说的话吗？"

两个孩子几乎要因为疲劳和饥饿晕倒了，但山洞里

的温暖和里面的景致让他们恢复了一点活力：那里面有火焰在墙壁上跳动的影子，光滑的岩石地面上还有碗柜，里面有杯子、碟子和盘子，就和乡下房屋的厨房一样。不过，在晚饭做好前，他们已经睡熟了。在他们睡觉时，瑞廉王子给动物与矮人的长老们讲述了整个冒险的过程。现在他们都明白是怎么一回事了：一个邪恶的女巫（无疑和多年前把无尽的冬天带给纳尼亚的白女巫是一类人）谋划了这一切，先是杀害瑞廉的母亲，然后给瑞廉施了魔法。他们也明白了，她正在纳尼亚地下挖隧道，准备从下面突袭，通过瑞廉来统治纳尼亚，而瑞廉无论如何也没想到，她要让他成为国王（名义上是国王，事实上是她的奴隶）的那个国家就是他自己的国家。从孩子们的经历中，他们了解到女巫与哈尔方那些危险的巨人结了盟，成了盟友。"殿下，这件事的教训就是，"最年长的矮人说，"那些北方的女巫都有一样的打算，不过不同的年代她们会用不同的计划达到目的。"

第16章 疗 伤

当吉尔第二天早上醒来时，发现自己在山洞里，一瞬间，她恐慌地以为自己又回到了地下世界。随后，她发现自己是睡在一张石楠铺成的床上，身上盖着一件毛皮斗篷，看到岩石壁炉里有跳动的火焰（好像是新点的），更远处，早晨的阳光从洞口洒进来。于是她想起了愉快的事实：他们吃了一顿美味的晚餐，所有人都挤进了山洞，虽然在晚饭正式结束之前吉尔已经困了。她有浅浅的印象，矮人围在火旁边，手里拿着比他们个头还大的煎锅，而她听到嘶嘶的煎烤声，闻到了香肠的美味，看到了好多好多的香肠。这些并非那种掺了一半面包和大豆的劣质香肠，而是真正由肉做成的香肠，汁水

鲜美，饱满热乎，外皮还有一点点恰到好处的焦黄。此外，还有大杯的起泡巧克力、烤土豆、烤栗子、去核填葡萄干的烤苹果，吃完这些热的食物，又端来了冰，让人清爽一下。

吉尔坐起来，四处看了看。帕德尔格鲁姆和尤斯塔斯躺在不远处，都睡得很熟。

"嘿，你们两个！"吉尔大声喊道，"你们不打算起床了吗？"

"咕——咕！"一个困倦的声音从吉尔上方某个地方传来，"该休息一下了。好好睡个觉吧，不要再折腾了。咕！"

"啊，如果我看得没错，"吉尔说着，看向山洞角落，那里一口落地摆钟上正停着一团洁白的羽毛，"这不是格林费泽吗！"

"是的，是的。"猫头鹰呼呼地说，他把头从翅膀里面抬起来，睁开一只眼睛，"我两点钟到这里来，带了一个消息给王子。是松鼠们告诉我们这个好消息的。给王子的消息。他已经走了，你们应该跟上。早安——"

然后，他的头又缩进了翅膀里。

显然，不可能从猫头鹰那里得到更多的信息了。于是，吉尔起身四处查看，想看看能不能洗漱一下，吃个早餐。几乎是同时，一个小个子半羊人小跑着进来了，他的羊蹄子在岩石地板上发出踢踢踏踏的响声。

"啊！你终于醒了，夏娃之女。"他说，"也许你最好把亚当之子叫醒。你们几分钟后就得出发了，有两个马人很慷慨地答应，你们可以骑在他们背上前往凯尔帕拉维尔城堡。"他又低声补充了一句，"当然，你要知道，能骑在马人身上是史无前例的殊荣。我从未听说有人这样做过，让他们一直等着可不行。"

"王子在哪里？"这是尤斯塔斯和帕德尔格鲁姆被叫醒后的第一个问题。

"他前去见他的父王了，在凯尔帕拉维尔城堡。"半羊人回答说，他的名字是奥伦斯，"国王陛下的轮船随时可能靠岸。听说国王遇见了阿斯兰——不知道是面对面见到的，还是通过某种预示见到的——他本想继续航行，但阿斯兰让他转头往回走，告诉他，当他回到纳尼

亚时,将看到他那走失已久的儿子在等着他。"

尤斯塔斯已经起床了,他和吉尔帮着奥伦斯一起端来早餐。帕德尔格鲁姆则得到指示,继续躺在床上,一位以医术闻名的叫作克劳德伯斯的马人治疗师(奥伦斯叫他"水蛭")将要来看看他烧伤的脚。

"啊!"帕德尔格鲁姆以一种近乎满意的语气说,"他会把我的小腿整个切掉的,我毫不怀疑。一定会这样。"但他很愿意继续躺在床上。

早餐是炒蛋和吐司面包,尤斯塔斯狼吞虎咽,就好像他昨天半夜没有刚刚吃过一顿大餐一样。

"我说,亚当之子。"半羊人说,有些崇拜地看着尤斯塔斯满嘴的食物,"不用吃得这么着急。我觉得马人们可能还没吃完早餐。"

"那他们一定起得非常晚。"尤斯塔斯说,"我猜大概是十点钟以后吧。"

"哦,不,"奥伦斯说,"他们天还没亮就起床了。"

"那他们一定等早餐等了很久吧。"尤斯塔斯说。

"没有,"奥伦斯说,"他们醒来以后就开始吃早餐了。"

"天啊！"尤斯塔斯说，"他们的早餐一定很丰盛吧？"

"怎么，亚当之子，你不明白吗？马人既有人类的胃，也有马的胃，两个胃都是需要早餐的。马人首先要喝粥，吃些帕文德鱼、腰子、熏咸肉、煎蛋卷、冷火腿、涂橘子酱的吐司面包，再喝些咖啡和啤酒。这之后，他要满足自己马的那部分，先吃一个小时的草，再吃些热饲料、燕麦，最后再来一袋糖。因此，邀请一个马人在周末来做客是一件需要慎重对待的事。非常慎重才行。"

这时，山洞口的岩石地面上传来了马蹄声，孩子们抬头看去。两个马人正站在那里等待着，他们漂亮的赤裸胸膛前分别飘动着黑色的胡须和金色的胡须，他们稍稍弯下头，向洞里查看。孩子们表现得非常礼貌，迅速吃完早餐。亲眼见到马人后，没人会觉得他们好笑，他们是庄严雄伟的生物，从星星那里学到了许多古老的智慧，不易喜也不易怒，但当他们生起气来，将如汹涌的潮水一般恐怖。

"再见，亲爱的帕德尔格鲁姆。"吉尔走到沼泽人的床边说，"对不起，我们曾说你是十分扫兴的人。"

"我也很抱歉。"尤斯塔斯说,"你是世上最好的朋友。"

"我真希望我们还会见面。"吉尔补充道。

"我得说,希望不大了。"帕德尔格鲁姆回答道,"我觉得我大概也见不到我的棚屋了。还有王子,他真是个好人,但你们觉得他身体很强壮吗?地下的生活对他造成了持续的伤害,我毫不怀疑。他看起来像是随时会离世的那种人。"

"帕德尔格鲁姆!"吉尔说,"你真是随时会骗人。你的话听起来就像葬礼一样阴沉,但我相信,你其实心里很开心。按你的说法看,你似乎什么都害怕,但你其实像狮子一样勇敢。"

"现在,说起葬礼来——"帕德尔格鲁姆开口说,但吉尔听到马人已经在身后跺起了脚,于是做出了让帕德尔格鲁姆惊讶的举动:她用胳膊抱住了他细细的脖子,亲了亲他那似乎沾着泥巴的脸,而尤斯塔斯攥了攥他的手。然后,他们都跑到马人身边,而沼泽人又躺回床上,自言自语道:"我要说,我做梦也想不到她会那样做。虽然我确实长得不错。"

毫无疑问,骑在马人身上是一种少见的殊荣(除了吉尔和尤斯塔斯,可能世界上没有哪个活着的人曾有这种经历),但也非常不舒服。只要还想要命,是不会有人在马人身上装马鞍的,而马人赤裸的马背可一点也不好玩,尤其像尤斯塔斯这样根本没有学过骑马的人。马人们很客气,不过是以一种严肃、优雅、成熟的方式,当他们慢跑穿过纳尼亚的森林时,头也不回地给孩子们讲述起草药和树根的性质、植物的功用、阿斯兰的九个名字及其含义,还有其他这类的知识。无论这两个人类孩子有多颠簸多疼痛,他们都愿意付出代价再走一次这段路:再看看被昨夜的雪覆盖的沼泽和山坡,再遇到那些会祝他们早上好的兔子、松鼠、小鸟,再次呼吸纳尼亚的空气、聆听纳尼亚树林的声音。

他们来到河的下游,河水在冬日的阳光里发出蓝色的亮光。在最近的一座桥下面(那座桥在红屋顶房子聚集的温馨小镇贝鲁纳),他们乘坐一条平底的驳船过河,划船的是沼泽人。在纳尼亚,绝大多数的水路和捕鱼工作都是由沼泽人从事的。过了河,他们沿着河的南岸走

银椅子

了一段,很快便来到凯尔帕拉维尔城堡。他们看到了他们刚刚来到纳尼亚时看到的那条颜色鲜艳的船,它正沿着河漂流,像一只巨大的鸟。宫廷中所有的人再次集合,站在城堡和码头之间的草地上,欢迎凯斯宾国王回家。瑞廉换下黑色的衣服,穿上银色的铠甲,披着深红色的斗篷。他站得离水边很近,没有戴帽子或头盔,表示对父亲的尊敬。矮人特鲁普金坐在王子旁边,坐在自己的驴车椅上。孩子们看出,不可能穿过这么多人来到王子身边了,而且他们现在也觉得有些害羞。于是,他们问

马人可不可以继续在他们的背上坐一会儿，好能越过宫廷成员的头顶看看事情的发展。马人同意了他们的请求。

从船的甲板上伸出一排银制的小号，水手们扔出一条绳子，老鼠（当然是会说话的老鼠）和沼泽人让船靠岸停下，并把船绑好。藏在人群中的乐手们此时开始演奏庄严的凯歌。很快，国王的大帆船靠在了岸边，老鼠们把跳板架了上去。

吉尔期待着国王从船上走下来，但似乎临时出现了某种问题。一个面色苍白的贵族上了岸，向王子和特鲁普金跪下。这三个人把脑袋凑在一起，说了几分钟的话，但没人能听见他们在说什么。音乐仍然在演奏，但可以感觉到所有人都紧张起来。然后，四个骑士手里抬着什么，非常缓慢地出现在甲板上。当他们走下船梯时，可以看到他们抬的是什么了：老国王躺在床上，脸色苍白，一动不动。他们把他安放在地上，王子跪在他身边，拥抱他。人们看到国王举起手祝福自己的儿子。人们欢呼起来，但并不是全心全意的欢呼，因为他们都感觉到有什么地方不对劲。突然间，国王的头又落到枕头上，音

银椅子

乐停止了，周围变得死一样寂静。王子跪在床边，把头靠在国王的头上哭了。

人们纷纷低语，走来走去。吉尔注意到，所有人都脱下短帽、礼帽、兜帽或是头盔——尤斯塔斯也这样做了。吉尔还听到，城堡上方传来了沙沙声和拍打声。她望过去，发现那面绣着金色狮子的横幅被降了一半的高度。随后，音乐又慢慢地、无情地响起，是如泣如诉的弦乐和哀伤的号角声，那曲调让人心碎。

他们两个都从马人身上滑下来（马人似乎并没有注意到）。

"我真想回家。"吉尔说。

尤斯塔斯点点头，咬着嘴唇，什么也没说。

"我来了。"他们身后一个低沉的声音说。他们转过身，看到了那头狮子，他实实在在地站在那里，浑身发亮、身体健壮，和他相比，其他一切都显得苍白而暗淡。吉尔在一眨眼不到的工夫里就忘记了纳尼亚国王去世的事。她想起她如何造成尤斯塔斯跌落悬崖，如何导致他们搞砸几乎所有指令，以及所有的发脾气和争吵。她想

说"我很抱歉",但无法说话。然后,狮子用目光将他们两个拉到自己身边。他蹲了下来,用舌头轻抚他们苍白的脸,说:

"不用再想那些了。我不会一直责备你们的。你们已经完成了我派你们去纳尼亚执行的任务。"

"阿斯兰,请问,"吉尔说,"我们现在可以回家吗?"

"是的。我就是来带你们回家的。"阿斯兰说。他大大地张开嘴,吹了口气。但这一次,他们没有飞到空中的感觉,相反,他们觉得自己原地不动,被阿斯兰那有力的呼吸吹走的是轮船、去世的国王、城堡、雪和冬日的天空,所有这些都像一圈圈的烟雾一样飘到了空中。突然之间,他们又站在了盛夏灿烂的阳光之中,站在光滑的草地上,在高高的树林中,旁边是一条漂亮清澈的小溪。这时,他们发现,自己又回到了阿斯兰的那座大山,它高高耸立在通往纳尼亚世界尽头的远处和上方。但奇怪的是,为凯斯宾国王演奏的哀乐仍然在响着,但没人知道音乐是从哪里传来的。他们在小溪边走着,狮子在前面领路,他变得那么漂亮,但音乐是那么悲伤,

银椅子

吉尔不知道是哪一样事物使自己的眼眶充满了泪水。

阿斯兰停下来，孩子们向小溪里望去。那里，在河床边金色的沙石上，躺着去世的凯斯宾国王，溪水就像液体的琉璃一样冲过他的身体。他长长的白胡子像水草般漂荡。他们两个都站在那里流下泪来，就连狮王也哭了，他流下了伟大狮王的眼泪，每一滴都要比地上的钻石还要珍贵。吉尔注意到尤斯塔斯流泪的方式，不像是一个孩子在哭泣，也不像是一个男生在哭泣，而像是一个成年人在哭泣。至少在她看来这是最接近的状态，但事实上，就像她说的，人在那座山上似乎没有具体的年龄。

"亚当之子，"阿斯兰说，"走进灌木丛，你会在那里找到一枝荆棘，把它折下来，带给我。"

尤斯塔斯照做了。那枝荆棘有一英尺长，像一把长剑般锋利。

"把它插进我的爪子，亚当之子。"阿斯兰说着，把右边的前爪举起，将巨大的肉掌朝尤斯塔斯张开。

"必须这样吗？"尤斯塔斯问。

"是的。"阿斯兰说。

尤斯塔斯咬紧牙关,将荆棘刺进了狮子的肉掌。一滴巨大的鲜血流出,比你见过或能想象到的任何红色都要鲜红。

这滴血落进小溪,落在死去的国王身上。与此同时,哀悼的音乐停止了。死去的国王身上起了变化。他白色的胡子开始变成灰色,然后又变成黄色,接着胡子变短,最后完全消失了。他凹陷的双颊变得圆润而年轻,他的皱纹展开了,他的眼睛睁开了,他的眼神和嘴角都微笑起来。突然间,他站起身,来到他们的面前——他成了一个非常年轻的人,或者是一个男孩(但吉尔说不出到底是哪一个,因为在阿斯兰的国度,人没有具体的年纪。不过在那个世界里,最愚蠢的孩子是最幼稚的,而最愚蠢的大人是最成熟的)。国王冲到阿斯兰面前,尽力用双手环抱住他的脖子,他用国王的方式用力地亲吻阿斯兰,而阿斯兰用狮子的方式狂野地亲吻国王。

最后,凯斯宾转向另外两个人,他发出一阵极为惊喜的笑声。

"怎么!是尤斯塔斯!"他说,"尤斯塔斯!看来你

还是来到了世界的尽头。你用我第二好的那把剑砍海毒蛇的感觉怎么样？"

尤斯塔斯朝他走了一步，伸出双手，但随后又带着有些震惊的表情退后了。

"瞧啊！我是说，"他有些结巴，"这真是太棒了，但你不是——难道你没有——"

"哦，别这么烦人了。"凯斯宾说。

"但是，"尤斯塔斯看着阿斯兰说，"他不是——呃——死了吗？"

"是的。"狮子用很平静的声音说，他几乎在笑（吉尔这样觉得），"他死了。你知道，大多数人都死过。我也死过。没有死过的人很少。"

"哦。"凯斯宾说，"我知道你的困扰是什么了。你觉得我是一个鬼魂或某种不实在的东西。但你不明白吗？如果我此刻出现在纳尼亚，才会是一个鬼魂，因为我已经不属于那里了。但在我真正属于的地方，我不是一个鬼魂。如果我去了你们的世界，也会是一个鬼魂。我不确定。但我想既然你们在这里，那么那个世界也不属于你们了。"

孩子们的心中升起巨大的希望。但阿斯兰摇了摇自己蓬松的脑袋。"不,我亲爱的孩子们。"他说,"等你们在这里再次见到我的时候,欢迎停留。但不是现在。你们必须回到自己的世界待上一阵子。"

"先生,"凯斯宾说,"我一直想看一眼他们的世界。这想法是错误的吗?"

"你已经不会再犯错了,因为你已经死去了,我的孩子。"阿斯兰说,"你可以去看看他们的世界,在那里有五分钟的时间。你要去解决的问题用这段时间足够了。"然后,阿斯兰向凯斯宾说明了吉尔和尤斯塔斯要回到哪里去,实验学校是个什么样的地方,他对那里的了解程度完全不亚于两个孩子。

"小姑娘,"阿斯兰对吉尔说,"到那边的灌木上折下一段。"吉尔照做了,而她拿在手里的灌木枝迅速变成一根精致的短马鞭。

"现在,亚当之子,拔出你的剑。"阿斯兰说,"但是只能用剑的平面,不能用剑峰,因为我要让你去对付的

银椅子

是懦弱的孩子,不是战士。"

"你和我们一起来吗,阿斯兰?"吉尔问。

"他们只能看见我的后背。"阿斯兰说。

他带着他们迅速穿过树林,还没走几步,实验学校的围墙就出现在他们面前。阿斯兰吼叫了一声,震得天上的太阳都开始摇晃,他们面前那堵三十英尺宽的围墙倒塌下来。他们从这个开口望进去,看到学校的灌木丛和体育场的屋顶,而这一切都笼罩在秋天阴暗的天空下面,和他们开始冒险的时候一样。阿斯兰转向吉尔和尤斯塔斯,朝他们呼了一口气,用舌头舔舐他们的额头。然后,他在自己创造的围墙空隙中躺下来,背朝英格兰,他那高贵的头朝向自己的土地。与此同时,吉尔看见几个再熟悉不过的身影穿过月桂树跑向自己,那帮人的多数成员都在:阿黛拉·潘尼法泽、科蒙德里·梅杰、伊迪丝·温特布罗特、"麻子脸"索里尔、大个子班尼斯特,还有惹人厌的加里特双胞胎。但这些人突然停了下来,表情都变了。之前的刻薄、不诚实、残忍和狡猾几乎统统变成恐惧。因为他们都看到倒塌的围墙,看到墙中间躺着的小象一样大的狮子,还看到有三个人,穿着华丽的衣服,手里拿着武器,朝他们跑来。三个人身上带着阿斯兰赋予的力量,吉尔将手中的短马鞭挥向几个女生,凯斯宾和尤斯塔斯则用剑的平面挥向几个男生。两分钟后,这些霸凌者便疯了一样地逃跑了,大声喊着:"杀人了!法西斯分子!还有狮子!这不公平!"校长(顺便告诉你,是个女校长)这时跑出来查看到底发生了什么。她看到了狮子、被毁坏的围墙、凯斯宾、吉尔和尤斯塔斯(她没能认出他们两个),她歇斯底里地跑回教学楼,给警察打电话,说有狮子从马戏团跑出来了,还有逃跑的囚犯,推倒了学校的墙,还带着出鞘的剑。在这一团慌乱之间,吉尔和尤斯塔斯偷偷溜进学校,脱下鲜艳的衣服,穿上平常的服装。凯斯宾回到自己的世界。而阿斯兰则用一个指令就将学校的围墙修补完整。警察到来的时候,发现没有狮子,没有倒塌的墙,没有囚犯,只有校长表现得像疯子一样。他们调查了实验学校的各方面,发现了所有那些不正常的事,有十个人被开除。这之后,校长的盟友们看出,她并不胜任这个职位,便派她担任

银椅子

督学，监督其他校长。发现她这个工作也做不好后，他们又想让她进入议会，她在那里度过了幸福的余生。

一天晚上，尤斯塔斯悄悄把自己的华丽服装埋在学校的地下，而吉尔把自己的衣服偷偷运回了家，之后在节日的盛装舞会上穿上了它们。从那天以后，实验学校的一切都渐渐变好了，成了一座很好的学校。吉尔和尤斯塔斯一直是很好的朋友。

而在远方的纳尼亚王国，瑞廉国王埋葬了自己的父亲航海家凯斯宾十世，并为他哀悼。瑞廉本人将纳尼亚治理得很好，在他当国王时，整个王国十分幸福。虽然帕德尔格鲁姆（他的脚三周后就康复如初了）常常指出，早晨晴空万里，下午也可能下起雨来，不能指望好日子一直持续。山坡上的开口被保留下来，在炎热的夏日，纳尼亚居民会带着船和提灯进入洞里，在地下海洋那凉爽幽暗的水面上，来回行船，一边唱着歌，一边讲述深埋在地下那些城市的故事。如果你有幸亲自去往纳尼亚，请记得去看一看这些山洞。

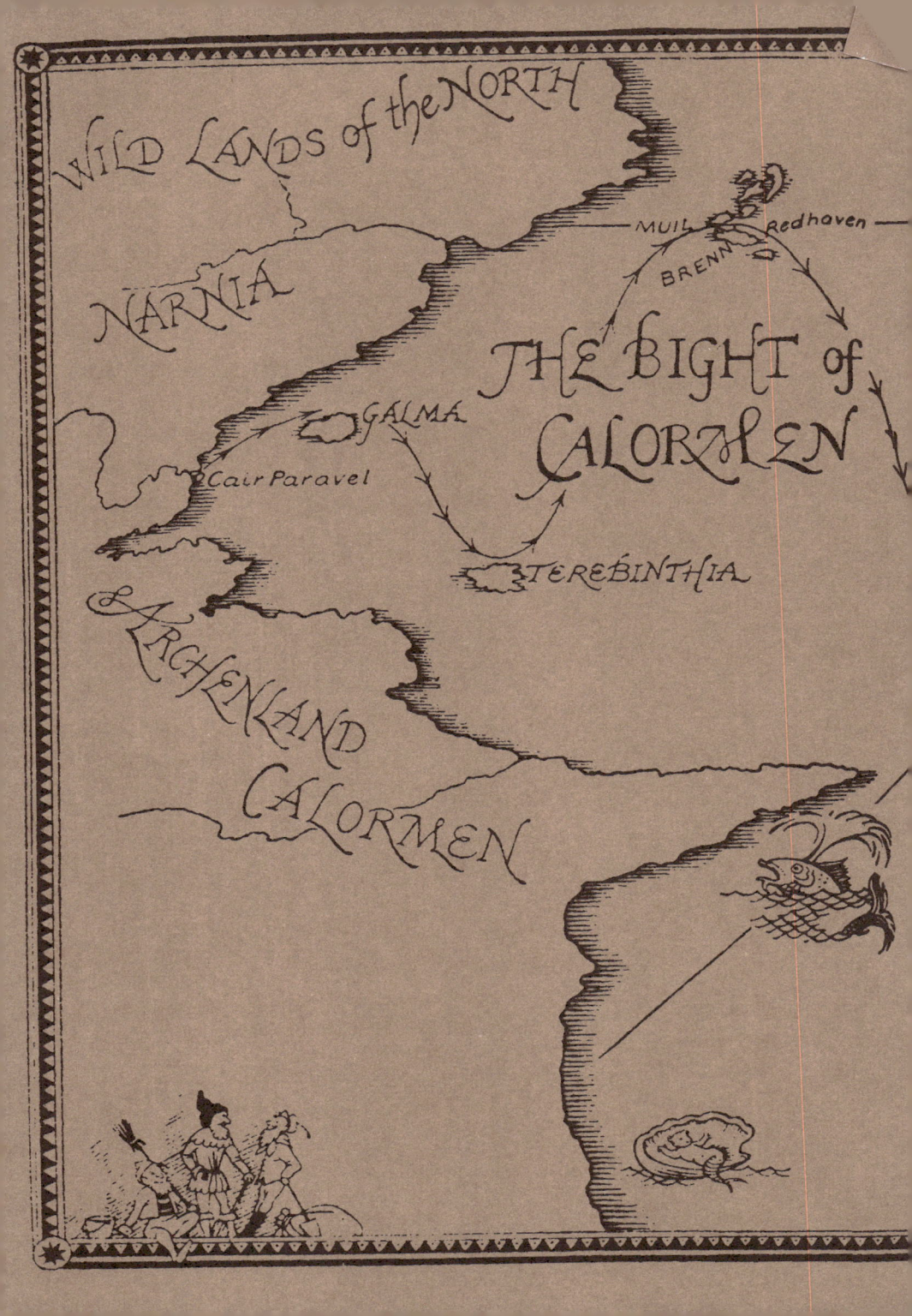